Character File

葉雨渲

Profile

- 大一生
- 162cm

充滿透明感的女孩。
喜歡聽音樂、唱歌，一心想成為能靠音樂養活自己的人。
興趣是逛唱片行挖寶，也常常去甜點店，愛喝手搖杯。
有著很青春的個性，做著很青春的事。

「我想在自己喜歡的東西上，堅持到底。」

After the Rain

Character File

「因為，我喜歡妳的歌聲。」
After the Rain

林天青

Profile

- 大一生
- 178cm

平常看起來一直在恍神的文藝青年。
喜歡看書，喜歡聽獨立音樂；
喜歡作家，也喜歡獨立歌手。
擅長音樂創作，待人處事溫柔隨和，是個感性無比的人。

GOBOOKS
& SITAK
GROUP©

三日月書版

三日月書版

せいうのきずな
青雨之絆
After the Rain
著——微混吃等死
繪——手刀葉
三日月書版
輕世代 FW340

せいうのきずな
青雨之絆
After the Rain

Contents

0

秋日裡的
連綿細雨

After the Rain

下雨天，窗戶上都是雨水的痕跡。

這幾天一直在下雨，天色灰濛，少有陽光。

入秋以後，氣溫轉趨寒冷。這個季節往往讓人失去活力，心生淡淡的憂鬱，無力向前，只想找個窩好好休息。

我也在找窩。

雨滴的聲音，滴答滴答，在耳邊迴響。

我在學校附近咖啡館的一角，雙手捧著溫熱的咖啡杯。

坐在這個位子，可以看見在門口來來去去的客人，透明的窗面就在我的左側，上面映照著籠罩城市的雨景。

細雨連綿。雨的聲音在我耳邊不斷放大。

混合著咖啡館裡慵懶但十分吸引人的 Lo-Fi Jazz HipHop，鼓點的起落與滴答的雨聲意外交織出別樣的雨天風情。

我的精神一時有些恍惚，但也不至於在雨聲中迷失方向。

叮鈴——

一道清脆悅耳的風鈴聲，在這和諧的樂曲中顯得格外突兀。

咖啡館的門被推開了。

一個女孩走了進來，原先單手撐傘的她，在門邊收完傘後，率性地走向櫃檯，點了杯咖啡。

「……咦？」

那個女孩，在普通的黑白色系高中制服外，套上了一件隨性翻領的薄風衣。沒有肩線，更顯得愜意瀟灑。

霧灰色。

很低調，卻很有辨識度的顏色。

我縮了縮身子，這個顏色在過去幾個月我太熟悉了。最近一年多的時光裡，和我每天見面的主唱伙伴，最喜歡的顏色就是霧灰色。

女孩點完咖啡，轉過頭探望著咖啡館的內用座位，很快便發現了角落位置的我。

唔，被看見了。

我迴避了一下視線。

她起先像是沒發現似地別開頭，而後微微蹙眉，目光回轉後再次向著我的方向定格。她瞇了瞇眼睛，彷彿不敢相信會在這裡看到我。

果然是她。這次我逃不掉了。

在雙眼對視數秒之後，她似笑非笑地勾了勾嘴角，帶著熱咖啡往角落走來。

「你很行啊，林天青。」

「普通普通。」

「別跟我裝傻，電話不接、LINE不看，原來窩在這裡耍廢啊。」她在我對面坐下，把手上的手提牛皮紙袋放到座位旁邊。

我不太好意思，只好默默地抬起頭看著她。

只是喝杯咖啡卻在這裡意外發現我，對自己的判斷跟運氣感到非常滿意的她，心情顯然非常愉快。

我默默看著她長度及肩的霧灰色髮絲，髮尾的部分稍稍被突如其來的大雨濡濕了。而垂落額頭的內彎瀏海倒是沒有沾染雨水，依然輕盈蓬鬆。

她以手輕探肩後的髮尾，繼續等待著我的回答。

「我只是下課後來喝一杯咖啡，等一下就回去了。」

「是嗎?算了，隨便。」她沒有相信，但也沒有否定。

她慵懶地將雙手伸長探前，放置在木桌上，最後帶著疲憊的表情，將腦袋埋進臂彎之中。

從幾縷霧灰色的瀏海縫隙間，我看見了她眼眸中流露出的倦色。

明明是放學後的一小時而已。

我喝了口卡布奇諾，忍不住發問：「怎麼了？很累嗎？」

「嗯，昨天寫歌詞寫太晚了。今天下午又有考試，我都不知道早上我是怎麼撐過來的了。」她說著說著，小小聲地發出低吟，頭還在自己的臂彎中蹭了蹭。

像一隻慵懶隨興的貓。

這個想法讓我忍不住會心一笑。

她微微抬起頭，把下巴靠在手臂上：「還敢笑，要不是某人不寫詞，整天划水，還在下雨天躲到小巷子裡的咖啡館，根本不打算寫新歌，我需要熬夜嗎？」

「我有在寫……」

「但是需要靈感？呵。」性格颯爽的她完全不想掩飾不屑，繼續把頭埋進臂彎。

對她來說，短眠可能比聽我說話更有意義吧。

我本想繼續開口，但看著她在臂彎裡沉睡的樣子，看著那個隱藏在低調冷感，但又吸引人的霧灰色髮絲之下的她。

還是讓她睡一下吧。

雨滴的聲音，滴答滴答，如今還增添了她淺淺規律的呼吸聲。

我的手指滑過靜置在桌面的玻璃杯。

雨、咖啡還有她，這幾乎是我全部的靈感來源。

心裡忽然傳來怦通一聲。一股暖流在秋雨滂沱間流向了我的心臟，讓我的手腳漸漸湧出一股暖意。

我從書包拿出皮質封面的筆記本，開始寫起了歌詞。

一段時間後，咖啡還殘留著餘溫，我用筆戳了戳她的額頭。

她醒了，幾乎瞬間就醒了。她抬起頭，用手撥了撥及眼的調皮瀏海，深邃雙眸同時張開，彷彿一片深不見底的海域，在我眼前展現。

這是這個女孩最不可思議的地方。

致命的吸引力。

她徹底醒了過來。

這次我叫了兩杯冰水，剛好可以讓她重振精神。她單手接過水杯，另一隻手迫不及待地把我寫到一半的筆記本拿了過去。

「林天青，你還是挺厲害的啊。」

「只是剛好有靈感而已。」

「是喔，有靈感就能寫得這麼好嗎？那，快點繼續寫，我們下個星期要開始錄新歌了。」

「來得及吧，大概。」

「大概？我不要大概，我要確定。我需要時間練習。」她喝了口咖啡，眼神一偏，探向窗外雨中的街道，「林天青，這首歌如果完成度夠高，加上之前已經錄好的兩首歌，我們就可以開創頻道了。」

「嗯。」

「我不會讓你失望的，所以拜託，你也不要讓我失望。」她自信的眼神透出期盼的光彩。

她想讓自己唱的歌能被更多人聽到，這我再清楚不過了。

在雨聲連綿之間，我輕聲呼喚著她：「吶。」

「怎麼了？」

「妳有我的承諾，我不會讓妳失望的。」我故作氣定神閒地說著，得到了她一如春風十里般的笑容。

在餘生裡，希望我能一直一直見到她的笑容。

雨依然下著。

滴答，滴答，雨水在透明的玻璃窗上留下了長長的尾巴。

我點的第二杯熱拿鐵放在桌上，白煙嬝嬝飄散。

「吶，還給你。」

從她手上接過筆記本，我單手托著下巴，不甚在意地望著她的動向。當她及眼的內彎瀏海在眉毛附近跳躍時，通常暗示著她此時充滿元氣。

她站起身，走向咖啡館的角落，逗弄著店長養的貓。

這個時間點，或許是因為下雨的關係，客人不多，店裡顯得十分清靜。

她開心地把貓抱在胸前，用臉頰蹭了蹭牠柔軟的頭頂。性格颯爽獨立的她，總是那麼隨性而為。

聽著不時傳來的貓叫聲，我把注意力集中回筆記本。

時間就這樣悄悄流逝，等我回過神，雨已經小了很多。我往玻璃窗外看了一眼，有幾個倉促前進的行人甚至沒有撐傘。

雨快停了。

她坐回我對面的位子，用冰水潤了潤嘴唇。她背靠向椅背，用具有磁性且略帶散漫的聲調問我：「林天青，晚餐要吃什麼？」

「妳餓了嗎？」

「餓了。」

「我快寫好了，但還是先去吃東西吧。」

「那去我家附近的鐵板燒吃晚餐好不好？」

「可以啊。」我隨口附和，並開始收拾書包與筆記本。

她也不拖拖拉拉，果斷地走向櫃檯結帳。

我們在店門口外的巷子會合，一起往她家的方向走去。我們從小就是青梅竹馬，兩邊的家距離很近。

時間約莫七點，算是一頓稍微晚的晚餐。

秋天，秋意正濃，雨水的氣息瀰漫在空氣中。剛下過雨的街道看上去十分清爽，樹葉與人行道邊的小草葉上，還殘存著些許晶瑩的雨水。

秋風拂過，寒意攀上了身體。

她在制服外套上了那件隨性翻領的霧灰色風衣，而我根本沒有帶外套，也沒想到會這麼晚才回去。

有點冷，還是走快點好了。

走著走著，她的手在不意間抓住了我的右手。

「咦？」我有點納悶。

「沒事。」她的回應說明了她不想多說。

她把我的右手抓進了大衣口袋，手還在我的手背上輕觸了幾秒。

「林天青，你的手太冰了。」她只說了這句話，而我卻一句話也說不出來。

唔，她為什麼可以把這種話說得那麼輕鬆自然？

我的腦袋忽然不太能思考了。

我們的手在風衣的口袋中半牽半握。並肩行走的我們，雙臂不時會觸碰到彼此。在我們都長大後，這是我們距離最近的一次。

呼，好險是行走在夜路之上，灰暗的天色正好遮掩了我的表情。

可以想像，我的臉一定很紅。

過了一天，我很早就醒了。

昨天是週五，她在咖啡館裡顯得那麼疲憊，回家可能很快就睡著了吧。

我看向窗外，感覺到一股微微的寒冷。

今年的秋天很有秋意。凝視著清晨的微光，呼出的氣息在透明的窗面上形成模糊的白霧。

週六，通常是我與她約好一起練習唱歌和彈吉他的時間。是屬於我們的團練日。

我背著吉他，迎著秋風，經過蕭瑟的樹木與花圃，穿越幾乎無人的校園，走進了團練教室。

一如預料，團練室裡沒有人在。

我把吉他放在一旁，搬了張椅子到視野最好的窗邊，順手拉開窗簾，讓偌大的校園風景一覽無遺。

接著，我拿出放在團練室裡的掛耳式咖啡，沖泡了一杯黑咖啡。猶豫著要不要也幫她泡一杯，但想想先泡又會冷掉還是作罷。

喝了一口後，我抱著吉他坐到窗邊的椅子上。拿起軟撥片，單腳蹺起，尋找最適合舒適的坐姿，開始彈奏吉他。

如春風一般柔軟的音符，緩緩地在團練室裡流動。

外面的風太冷了，不如坐在這裡，安逸地享受暖暖的旋律靜靜流淌。

這是我心中的美好時光。

我就這樣等待著她。

1

在夏日雷雨中
高聲歌唱

A f t e r   t h e   R a i n

夏天的尾聲，已經不記得在夏天究竟聽到了幾聲蟬鳴。

剛吃完午飯的我站在人行道上，左右探望了一眼。

要走哪裡？

想了幾秒，沒有既定行程更沒有方向的我，朝著人少的那一邊走了。其實兩邊都可以回家，反正回家之後也沒事做，慢慢走就行了。

下午四點的夏末，氣溫有點炎熱。

走了一段時間後，一間唱片行吸引了我的目光。

沐浴在陽光之下，招牌與門面大量使用原木色、灰色和白色，淺淺的北歐色彩，在這條街道上營造出一種偏冷的獨特氛圍。

我推開門，風鈴聲輕柔響起。

懸在門上的木桿，掛了三個透明可愛的圓形風鈴。

唱片架和書櫃整齊排列在店內，它們的間距很寬敞，看起來十分舒適。這裡似乎是一間綜合型的獨立唱片行，也有販售手工咖啡和獨立出版的書籍。

店的後方有幾張圓桌，應該是讓人喝喝咖啡、看看書，適合休憩的位置。

「原來這裡還有這種店啊。」我忍不住呢喃著。

路過幾張正面擺放的試聽專輯，我戴上耳機聽了幾首。

Lana Del Rey 新出的專輯。獨樹一幟的浪漫聲線，迷幻而具有魔力。給人的第一印象是慵懶，讓人想在無所事事的夏日裡，一整天都聽著她的歌。

她的聲音裡有故事。

她的聲音，總是讓我想到一個人。

我看了看錢包，決定拿下這張專輯。

在聽了其他幾張唱片後，我發現了一個女孩。當我還沉溺在 Lana Del Rey 的聲音中時，她似乎已經進來一段時間了。

有著暖茶色短髮的她，穿著十分夏日。

她靠近唱片架，伸出手指在半空猶豫許久，最後拿起了一位爵士歌手的唱片。

她先是以手指順過耳畔，再把耳機貼近右半邊的耳朵。

瞇起眼睛，陶醉其中。

看到這裡，我忍不住笑了。能沉浸在自己的愛好之中，真的是最幸福的事了。

本想越過她走向櫃檯的我，卻在經過她背後的陳列架時，停駐腳步。

因為我看見了一張少見的專輯。曾經在網路上聽過這個樂團的歌，但沒想到能在這裡看見實體專輯。

那是兩名年輕女孩組成的獨立樂團。

一個吉他手。

一個主唱。

黑色短髮的主唱，長相甜美，聲音乾淨清澈，總是帶著可愛的笑顏，與帥氣的吉他女孩，一起透過歌聲講述著故事。

關於旅途，關於時光。

她們的歌很適合在夜靜人深時靜靜聆聽，能陪伴人們度過平靜漫長的黑夜。

曲風定位非常清新，一聽過，就再難忘記。

我單手拿著專輯，另一隻手探向旁邊的試聽耳機。伸出去的手，卻在半空與另一隻手微微相撞。

我一愣，側過頭，看著同樣側頭看我的女孩。

是那個暖茶色短髮、穿著十分夏日的女生。她一雙睜得大大的眼睛，清澄得不可思議。她側過頭看著我的時候，我看見了她耳邊音符形狀的髮飾，將耳畔的細碎髮絲別至耳後，露出白皙的側臉。

「唔。」她輕眨了一下眼眸，正準備開口說話。

我收回手，露出無所謂的笑容，示意道：「沒事，妳先拿吧，其實我聽過她們的歌了。」

「不不不，我沒關係的，你先聽吧，是你先拿的。」

「妳先聽吧。」

「怎麼可以，你先聽啦。」女孩不太好意思地搖著手。

我們的手在半空中再次相撞。這個女孩，似乎有點過於單純善良了。

我心中突然響起專輯裡，那個兩人樂團主唱的乾淨嗓音。她每每唱到高音的地方，依舊能保持著青澀與甜美，讓人聽起來十分舒服。

看著眼前這個也喜歡聽音樂的女孩，我從包包裡拿出一副碧綠色的耳機。

這是美國製的 **Hi-Fi** 耳機，很適合聆聽高頻人聲音樂。人聲乾淨突出，高音飄逸而明亮，藏著豐富的細節。這副耳機，能讓聲音的空間感和通透感提升好幾個層次。

抱持著分享的精神，我輕聲問道：「要一起聽嗎？這個耳機很厲害喔，能讓這個樂團主唱的聲音更加純粹。」

「有、有那麼神奇嗎？」音樂的話題似乎勾起了她的興趣，她略顯害羞地提問後，還是猛地點了點頭。

於是我把耳機插入播放器裡，將另一邊遞給她。

這是配戴方式比較複雜的繞耳式耳機，但她看也沒看，就以正確的方式戴好了。墨黑色的耳機線繞過她形狀優美的耳骨，碧綠色的機身點綴在她的耳廓上，音符形狀的髮飾就在旁邊。

她閉起雙眼，按下了播放鍵。

午後的煦陽照耀著我們，在她的臉蛋上打上一層薄薄的光芒。隨即「房頂上的小黑」樂團主唱的歌聲在耳邊響起，乾淨的女聲在腦海中悠揚流轉。

但這依然無法讓我將注意力從她身上移開。

這個戴上耳機、投身進入音樂王國、沉浸其中的女生，真的太有吸引力了。充滿知性，美得令人恍神。

聽了一陣子，直到曲終。

她摘下耳機，雙眼閃亮亮地望著我：「這個耳機真的好有意思喔！」

「哈哈，是吧。」

「它不僅把人聲表現得很通透突出，同時也把背景的所有樂器……剛剛那首歌的伴奏很多，所有樂器的聲音都很清晰，聽起來細節好豐富。」她戀戀不捨地把耳機遞給我，視線在耳機上停留了好久。這明顯的依依不捨，一點也沒有想要隱藏的羨慕，其實也挺可愛的。

我忍不住笑了。

她先是側過頭，一臉不解地看著我。幾秒過後，才聲音清脆地問道：「以後如果有遇到，可以再讓我聽嗎？」

「好啊。」我想也沒想就答應了。

「謝謝。」

她低頭看了看手表，像是突然想起什麼，把那張專輯收進懷中，往其他陳列架跑去。

注視著她的背影，我在心裡想著：她看起來像高中生，居然還能保有這麼單純天真、坦率表達情緒的性格嗎？

真是讓人羨慕啊。

本來想走向櫃檯結帳，走了一兩步後卻心意一轉。回去也沒事做，在這邊吹吹冷氣聽聽音樂不好嗎？

大學快要開學了，就讓我好好享受身為高中生的最後幾天吧。

我點了杯咖啡，坐到了圓桌邊。

在夏天即將結束之時，我只想好好聽著喜歡的歌、拿著喜歡的書，在悠哉而空曠的精神世界中沉醉。

這一坐也不知道坐了多久，直到滴答的雨聲驟然響起，我才脫了離音樂的世界，站起身來。

下雨了。

夏天的雨總是來得毫無前奏，讓人無奈。

我仔細包好唱片，確認不會被雨淋到之後，才撐起雨傘走出門外。

這是一場夏天的驟雨。

即使撐著傘，走了一段路身體還是被淋濕了一大半。

我往家的方向漫步而去，這附近一帶是鬧區跟住宅區的交界點，街道上行人匆匆而過。在漸強的雨勢下，形影忙碌的人們飛快地穿梭。

夏末，也是暑假的尾聲。

我不禁在想，等四年畢業過後，不再是學生，就再也沒有寒暑假這種人生中幸福的長假了吧。那是一件略微遺憾，卻離我還有點遙遠的事。

離家越近，行人也越來越少。

本想去附近的便利商店買點東西，卻突然在雨幕之間依稀聽到了什麼。

很模糊，很微弱，隱藏在雨聲之後，悠揚的歌唱聲。

我向四方探尋著聲音的來源。

有人在雨天裡唱歌。

本以為星飛瓦解的記憶碎片，在心中飛快地開始拼湊，一度忘卻的光景幾乎轉瞬投射而來——

我感受到一股巨大的衝擊，內心迫不及待地想要找到是誰在唱歌。

閉上眼，將視覺暫時關閉。

好久沒有這麼認真聽誰唱歌了，自從不再彈吉他以後。

整個世界彷彿被大雨籠罩，雨聲滴答之間，微弱的歌聲漸漸清晰。一股清冷的氣息隨著風吹拂而來，染濕了微亂的頭髮，我張開眼睛，大步往聲音的源頭衝了過去。

休閒鞋大步跨過路上水灘，水花濺起，沾濕了大面積的褲管，但我也管不了那麼多了。

奔跑了幾秒，那道在雨中的歌聲終於清晰浮現。

我連忙停下腳步。抬起頭，不算初遇的初遇就這樣闖入我的視線之中。

我聽見了，也看見了。

暖茶色的流蘇短髮，幾縷刻意不整理的碎髮半遮住左邊的眉毛。因為沾著雨水，部分髮尾雜亂地貼在小巧的臉蛋上。她撐著一把透明雨傘，很有夏日風格的上衣和短裙也濕了一大半。

看上去有些狼狽，但她的表情卻十分雀躍，正開心地唱著歌。

生命初萌般的感受在我心中漾起——是她。

是今天稍早在唱片行與我一起聽歌的女孩。

印象中，她最後買了 Cyrille Aimee 的唱片，還有「房頂上的小黑」的專輯。

坐下來喝咖啡時，我就沒有繼續留意她的動向了，更沒想到會在回家的路上再次遇到她。

在同一天，遇到同一個陌生人兩次。真是意外。

夏日裡，一場突如其來的大雨，讓今天變得有趣了。

雨似乎有逐漸變大的趨勢。而眼前的短髮女孩，在驟雨間自由自在地唱著歌，還跟著雨滴的節奏輕輕搖晃。

她一定很喜歡唱歌。

變大的雨勢順著風襲向我們。這場雨中，雨傘幾乎沒有作用。我躲進附近建築的騎樓，豎起耳朵，繼續聆聽著她的歌聲。

原先只是好奇心驅使我探尋，現在，則是純粹想欣賞美好事物的想法讓我停駐。

「好美啊……」她的聲線明亮清透，即使在驟雨滴答之間，依舊毫不費力穿透了層層雨幕。

不管是聽起十分舒適的空氣感，還是飄逸而拿捏自如的高音，都十分出色。嗯，這是經過訓練才能擁有的技巧。

乾淨的嗓音，一如她本人的模樣，彷彿透著些微光亮，讓人忍不住湧起希望。好似這場籠罩城市的大雨，隨時都會為她的歌聲而劃下休止符，而後，雨過天晴，彩虹也將隨之而現。

遍尋記憶，我從未聽過這樣的聲音。

哈囉，好久沒看到妳
這陣子妳去了哪裡
生活這麼煩，我卻只想喝那堤
跟妳一起坐在咖啡館裡

秋天是我喜歡的季節
那天正好下著雨
妳穿著一身黑，在我耳邊低語
妳說好想淋著雨滴歌唱
秋天的細雨響起熟悉的弦律
我知道，那是最美好的聲音，遇見妳是我最好的際遇

那首歌，是我們最愛的那首歌
我們跟著時間走啊走啊

我一度很想走到她的身邊跟她搭話，即使我根本沒想到要說些什麼。就只是單純覺得，要是與這樣的聲音錯過了，真的好可惜。

但是想了想，我還是放棄了。

呼出一口氣，我背靠在騎樓的柱子上，仰望著正下著雨的天空。

我已經不再彈吉他了。

不是樂手，更不是一個對未來懷有憧憬的人。

光是看著她的模樣，就能感覺到她是一個滿懷夢想、充滿元氣，還願意向著美好明日全力奔跑的女孩。

現在的我如果站在她身邊，會顯得太過突兀。

遠遠地聽歌倒是可以。

我站在原地享受著她的歌聲，雖然只有幾分鐘，我卻已經心滿意足。

忘了有多久沒有聽到能讓我止步探尋的美好歌聲，我再次撐起雨傘，一個人朝回家的方向走去。

——那首歌，我依舊清晰地記得。

接下來幾天，我待在家裡的時候，不意間常常聽著「房頂上的小黑」的歌。以前，我其實並不常聽她們的歌。乾淨而清新、甜美卻也青澀的嗓音，搭配富有感情的吉他聲，組成了陪伴人度過寂寞時光的美好歌聲。

音樂在房間裡緩緩流淌。

這種時刻，我心中總會浮現出夏日尾聲在紛飛大雨中唱歌的她。如果可以，真想再聽一次啊。

想再次聽到她的歌聲。

當天氣漸漸不再那麼熾熱，我忽然意識到，這個多事的盛夏，終於要結束了。

這也意味著，快要開學了。

直到大學開學的前一天，高中時代認識的一個樂團前輩打電話給我。

手機那頭的前輩，背景的聲音聽起來很吵雜。鄰近傍晚，前輩應該是在公司打給我的吧。

「林天青，好久沒看到你了啊。」

「是有一陣子了。」

「你快要變成大學生了吧。」

「再過幾天就是了。」

「你好點了嗎？」

「……」

「你幹嘛不說話？好吧，當我沒問。晚上有空嗎？」

「目前沒事。」

「那我們找個居酒屋聚聚吧，真的好久沒看到你了。聽我抱怨抱怨公司的事，也當作慶祝你即將升上大學。」

我陷入短暫的思考。

跟前輩約在居酒屋吃晚餐，八成會喝酒。我不討厭喝酒，也不討厭吃日式料理跟炸物。

那就去吧。

「好。」

「嗯，說好了。」前輩匆忙掛上電話，快到下班時間，他可能在收尾今天的工作。

前輩進入社會工作一年多了，是從事金融業的白領。

這段時間，他一直是邊工作邊跑樂團，常常練團到一半就要接個緊急電話。儘管辛苦，他還是兩邊兼顧著。

我垂下拿著手機的手，忽然意識到天色已經暗了。

房間裡即使拉開窗簾，光線依舊灰暗。我略微無力地起身，按下檯燈的開關。

換衣服時，我望了望鏡子中的自己。

「你好點了嗎？」

這是前輩剛才問過我的話，我再次以自嘲似的口吻，無奈卻也無所謂的語氣，問了自己。

甚至不願意多花一秒思忖，這句話問出口的同時，我再次關掉檯燈，拎著Oversize的青色襯衫走出房門。

我們以前常去的那間居酒屋並不遠，我坐上了家裡附近的公車，前往目的地。

那間居酒屋有個別名，叫「昨日食堂」。

是臺灣街道上很常見的日式風格居酒屋，店內提共刺身、燒酒、烤物、炸物與每日限量的深夜拉麵。是很多年輕上班族或少部分大學生會在夜晚聚會的場所。

高中時代的我，偶爾也會和前輩一起來。

「你來啦。」

「嗯。」

「還行嘛，林天青，你看來比我想像中好多了。」前輩的手掌略帶力量地拍在我的肩膀上。

我十分無言地看著前輩。

「哈哈哈哈，當我沒說，進去吧。」

前輩的棕色頭髮跟以往一樣偏長，髮尾微捲，略顯凌亂。他高大的身影走在前面，隨意地推開門簾與木門。從他反折到手肘處的合身白色襯衫，可以觀察到因健身而保持的結實體態。我跟他一起走進居酒屋，隨便挑了一個位子坐下。

前輩拿著菜單，開始畫起自己想吃的料理。他畫完自己想吃的部分，換我選自己想吃的部分。

這個習慣到現在都沒有改變。

從我們第一次一起來這間店到現在，應該過了三年了。

我看著前輩思考著要吃什麼而露出的煩惱表情，能單純為了想吃什麼食物而煩惱，表示他還年輕吧。我忍不住心想，這一年的工作經歷，並沒有在他身上留下太多痕跡。明明人沒有改變多少，時間卻依舊一晃而過，不意間彷彿過了好久好久。

三年了啊。

我們看著一桌烤物與刺身，舉起冰燒酎。

「乾杯！」

「乾杯！」

日式居酒屋特有的熱鬧氣氛，在微暗的橘色光芒中顯得更加溫暖，是讓人很放鬆的時刻。

冰燒酎入喉之後，很快讓我產生了微醺的感受。

生魚片拼盤放在桌上，鮪魚、鮭魚、鯖魚還有小隻的白蝦，看上去讓人食指大動。

前輩將一小杯燒酎一飲而盡，伸出筷子，邊嘆息邊說：「出社會工作一年多了，從開始工作到現在，我還是很不適應呢。」

「前輩看起來已經是沒有受到太多影響的人了，如果連你都這麼說的話，我都要開始害怕以後出社會工作了。」

「你？哈哈哈，很有可能，但你還早啦。」

「明天我就是大學生了。」

「大學啊……這樣一說，也過了三年了呢。最開始認識時候，你們都還只是小高一。」前輩的筷子懸在半空中，細長的眉毛微微揚起，略帶探詢地打量著我。

很少有人注意到，前輩的眼睛平時總是散發出一股漫不經心，但關鍵時刻卻非常銳利。很照顧別人的他，也很常觀察他人的情感與狀態。

你們？

我陷入沉默。

前輩的關心與提問如此刻意，絲毫不給人逃避的空間。我的視線故作自然地偏離，拿起酒杯，想將剩下的燒酎喝完。

但是沒了。我只好略顯僵硬，裝作什麼事也沒發生地伸向酒壺。

前輩的手卻早已等在那裡。

他笑了笑，什麼也沒說，拿起酒壺幫我倒了一杯。

這傢伙從頭到尾都知道我在幹嘛啊。

如果想逃避現實，那就喝酒吧。我在心裡說出毫無志氣的話，悶聲喝了一大口冰燒酎。

「喂，林天青。」

「嗯。」

「你還有在彈吉他嗎？」

我還是沉默以對。

「為什麼不回答?」

「因為我不是很想回答。但，好吧，我沒有在彈吉他了，已經有一段時間沒有碰了。」我稍微不客氣地說道。

比我年長、已經步入社會的前輩，理論上應該比我更會讀空氣吧。

可是，心裡的另外一道聲音，卻感慨著自己終於會說出這樣的話了。要是以前的我看到現在的我，會有什麼感想呢?越長越大，都活成了以前的自己絕對想不到的模樣。

前輩望著我，表情平靜。

「是嗎?」幾秒後，前輩用手搔了搔刻意燙得微亂的頭髮，單手拿起酒杯，發自內心感到惋惜地說:「唉，真可惜。」

我沒想到他會是這個反應。

儘管我知道前輩視原創音樂為一生的摯愛，是願意竭盡一生追尋的夢想。他是天生喜愛音樂的音樂人。因學生時代被家裡限制的緣故，比起音樂，他將更多的時間放在課業上。直到出了社會，他才拚命地補上以前錯過的時光，一直在公司與樂團之間兩邊奔走。

氣氛忽然變得低落，但居酒屋依然瀰漫著歡樂溫暖的氣息。

就像要轉換氣氛似地，前輩脫下白色襯衫，並把襯衫隨手擱置一旁。

他舉起酒杯：「繼續喝，繼續吃。林天青，恭喜你明天就是大學生了。」

「乾杯。」

那一個晚上，我們吃了很多，喝了很多，也聊了很多。

說實話，我有點醉了。

前輩的酒量很好，或許跟他常常健身有關。

在結帳時本來要對半分，前輩卻堅持不讓我出錢，說這餐本來就是要請我的，之後再請他就可以了。

走出居酒屋時，我已經有點站不穩了，但還是可以一個人慢慢回家。

夏日深夜，涼風拂過，十分舒服。街道上空無一人，暗橙色的路燈一閃一閃的。

夜深人靜。

從歡樂的居酒屋一拉開門簾，轉瞬間進入空氣寂寥的街道。耳朵清靜的同時，腦袋卻稍微有點轉不過來。

前輩幫我叫了計程車。等車的時候，他一個人迎風而立，望著遠方的風景。他的五官堅毅，抿著嘴唇，神色就像是下定了某種決心。

「喂，林天青。」

「嗯。」

「你醉了嗎？現在說的話，你會記得嗎？」

「唔，可能吧。」

「那我就說了，你聽著，不管記不記得。」

我默默地看著他。

「我不想看到你放棄音樂。說白了，不想看到你放棄我們那個曾經小小紅起來的樂團。」

「為什麼？為什麼啊？我不懂……」

「我們曾經一起那麼努力過，你說放棄就放棄，未免也太對不起曾經拚命的我們了。你不懷念嗎？我就問你，你內心真的不懷念嗎？」

「我……」

「你不要哭，你一哭我也很想哭。林天青，不管理由是什麼，不管你想要休息多久，都給我跨過去，聽到了沒有？」前輩眼眶泛紅。

他依然站在那裡，只是看上去十分激動，漸漸地，他的身影也開始模糊。比起我，前輩應該更重視更在乎音樂吧。

那是他的夢想。

我知道，但我始終沒有正面回答。

「我現在去了另外一個朋友的樂團，畢竟哪裡都很缺鼓手。等到你想再次拿起吉他時，記得跟我說。」

「……好。」我勉強回道。

深夜時分，空氣清冷。太多美好的記憶碎片從心裡浮起。

早知道就不來了，來了果然更難過。

一個人站在深夜的街道上，我說不出話也哭不出聲，有些事物，早就已經一去不復返了。

跟前輩分開後，我回到了只有自己一個人的家中。

我走到房間的角落，凝視著放在那裡的吉他，上面已然堆積了一些灰塵。

這把吉他是我人生中第一次自己買的吉他，意義重大。當初為了買這把吉他，為了跟前輩一起玩樂團，追尋音樂夢，甚至還跟家裡吵了架。

那些昨日之事，現在依舊歷歷在目。

大學開學前的晚上，我終究沒能拿起吉他。

與前輩小酌的隔天，早上起來我還有一點頭暈。

依然堅持走在音樂道路上的前輩，原來暫時去了其他朋友的樂團。在臺灣的獨立樂團圈，這是很常見的狀況。

也好。誰知道我們的樂團要多久以後才能復出呢？而我，又要多久以後才能再次拿起吉他？

重整思緒，我望著鏡子裡的自己。

大學開學了。以後不用像高中時代天天穿著制服，很方便。

上課時間比高中晚，這對習慣晚睡的我來說更多了一個通宵的藉口。我穿著寬鬆的休閒服搭配墨藍色長褲，前往學校。

儘管起得算早，卻仍在買咖啡與早餐時等了一段時間，一不小心就在開學的第一堂課，微微遲到了。

拿著咖啡，我推開教室的後門時，班上幾乎坐滿了。同學們紛紛轉頭看向我，但轉眼就把視線收了回去。剛剛開學，有趣的東西太多，並不需要花太多時間在陌生的同學身上。

在導師的催促下，我在教室最後排的空位坐下。

這節課與下節課是導師時間，在開學的第一天帶我們熟悉大學生活和認識班上的同學。

我坐下沒多久，後門再次被推開。班上有幾個人往後門望了一眼，我也稍微側頭一瞥。

又是一個遲到仔。這次，是一個女生。

剛剛推門進來的女同學找不到位子，最後只好跟我一樣挑了教室最後排的空位，剛好坐在我的旁邊。

教室裡，大家都專心地聽著導師說話，有幾個混熟的同學開始小聲聊天。

我邊盤算著今天放學要幹嘛，邊不經意地看了眼我身邊的遲到仔。

那個女同學把筆記本放在桌上，正略顯慌張地找著筆。她似乎找不太到，便把包包放在雙腿上，低下頭看著包包。

原本半遮住左半邊眉毛的輕盈碎髮，半空垂落。

我瞪大眼睛。

咦？

暖茶色的短髮，線條平整俐落的流蘇髮尾，額前右畔的髮絲自然地順到耳後，露出她好看白皙的側臉。

真的是她。

是那個在獨立唱片行裡，跟我一起用耳機聽歌的女孩。

那個在夏日午後驟雨間唱歌的身影，漸漸與眼前的她重疊。

在她終於找到筆之後，我小小聲地叫了她：「喂。」

「……咦？怎麼是你！」她稍微有點大聲，吸引了幾個同學的注意。

在她意識到自己的失態後，一抹緋紅渲染了她的臉頰。她瞬間用手摀住嘴巴。

「下課再聊吧。」我這麼說。

第一節課與第二節課，很快地就在等待中過去了。

中午的時候，大家紛紛離開教室，前往大學附近的餐廳吃飯。我收拾好包包，看向坐在隔壁那個暖茶色短髮的女生。

「妳居然是大學生。」

她瞇了瞇眼睛：「你以為我很小嗎？」

「哈哈。」當然。但我沒有回應她的問題，而是笑道：「我只是沒想到妳也剛好讀這所學校。」

「我也是，剛剛遲到進來，還看到是你……我都嚇到了。」她手腳略微慌亂地收拾桌上的筆記本與文具。

她上課時好像一直在寫著什麼。

「之後再聊吧，我先去吃飯了。」我說了聲「再見」，便跟著其他同學一起往外走。

夏日的尾聲，豔陽高照，熱浪襲向站在戶外的所有人。

好熱。

我用手遮著陽光，站在走廊上。因為對大學周遭的環境不是很熟悉，一時不知道要吃些什麼。這種時候就應該跟著人潮走，走著走著就會找到正確的方向了。

隨波逐流。

邁開腳步前，有一根手指輕輕戳了戳我的肩膀。

「那個……」這個聲音似曾相識。

我回過身，映入眼裡的是個子嬌小的、那個暖茶色短髮的女孩。

「同學同學，我還有話想問你耶，你幹嘛走這麼快？」

「嗯？妳要問什麼？」

「我的名字是葉雨渲。」她說話很溫和，也很緩慢，像是思考著該如何把話說出口，「我想問你，那天在獨立唱片行，你聽的專輯好多都有吉他伴奏，而且你好像有點眼熟，你是不是有在彈吉他？」

我當下就愣住了。

怎麼會有人在第一次見到陌生的同學時，就問這種問題呢？

我意識到自己臉上的表情越加僵硬。是，我對音樂的喜好跟以前我喜歡彈吉他有很大的關連。喜歡聽獨立音樂，也偏愛有吉他的伴奏。

但現在的我，已經沒有在彈吉他了。

失去了拿起吉他的力量。拿著撥片的手，會在想到美好過去時，失去所有撥動琴弦的力氣。就算我想再次彈奏出心裡的聲音，也無力達成。如今的我與演奏音樂彷彿相隔於彼岸。

於是，我搖搖頭。

葉雨渲往後退了一步，雙手縮到胸前：「沒、沒有嗎？那就是我認錯人了，不好意思。」

「沒事。不過，妳怎麼會這麼問啊？」

「喔，因為我有在玩音樂，很喜歡聽獨立樂團的歌。那天在唱片行遇到你，你拿的專輯幾乎都是主唱加吉他手的組合，尤其是我們一起聽的那個樂團，我就在想，你會不會有在練習吉他呢？」

「是嗎？」我漫不經心地回應。但這不甚在意的態度，一點也沒有降低葉雨渲探究的興致。

她一臉開心地站在走廊上。從她的表現不難看出，只要有人跟她聊音樂相關的話題，她就會很快樂，甚至會微鼓著臉頰想繼續深入交流，像極了天真的孩童。

無論如何，話題往危險的方向偏移了，我抖了抖肩膀上的側背包，明明應該去吃午餐了，我們卻還停留在走廊上。

「玩音樂？那妳喜歡唱歌嗎？」

「喜歡。超級喜歡。」

我只是隨口一問，卻得到了意想不到的乾脆回應。

葉雨渲原先一直浮現在臉蛋上的笑意，變成了堅定的表情。當她嬌小的個子和十分柔和的五官，篤定地說出「喜歡」這兩個字時，強烈的反差感所帶來的震撼足以讓我停滯在原地。

或許是納悶我為什麼沒有反應，懷疑我是不是沒有聽到，葉雨渲側過頭，用澄澈無比的雙眸，從較低的角度往上看著我，暖茶色秀髮在陽光之下反射著閃亮的光芒。

「我超喜歡唱歌的喔。」她又露出了晴天般燦爛的笑容。

「我知道。」我忍不住無奈地笑了，「我看出來了。」

「那你呢？」

「唱歌我還好。」

「是喔。但喜歡聽歌對吧?你平常有在聽獨立音樂嗎?」

「有……」

幹,沒有多想就回答的我,說出口後才發現不該這麼回答的。唉,現在的我應該竭力避免聊到相關話題才對,怎麼會這麼沒有防備呢?

是因為她嗎?

我望著她暖茶色的短髮,身高的差距讓我平視時很容易看到她頭頂的髮旋。

她的嘴巴變成了O字形,發出長長的一聲「喔——」。

「有在聽啊,太好了!那個,同學同學,我們一起去吃飯吧,這附近我知道一間好吃的店喔!」她幾乎沒有等待我的回應就轉過身去,一直停留在我身上的視線也隨著邁開的腳步移開。

她叫什麼?

葉雨渲?

她根本沒有想過我會拒絕她吧。

我把雙手插進口袋,心裡閃過「掉頭就走」或「跟著她」這兩個選項。這種時候,為了避免麻煩或許應該就此分別吧。

發現了我沒有跟上她，葉雨渲再次轉過身，站在稍遠的距離，與我對視。

她的臉蛋上寫滿了困惑與些許膽怯，但還是在次開口：「走啦。」

我呆住了。

她換了一個似曾相識的聲音。

那個聲音輕易地穿透了中午校園的嘈雜，傳入我的耳內。明亮清透，十分別緻的聲音，舒適地傳到了心中。那是幾天之前，我在驟雨之下聽到的聲音。

「好。」

我再無掙扎，為了這個聲音，我似乎可以走向任何地方。

葉雨渲走在前，我走在後。邊閒話家常邊走著，沒過多久，我們走到了大學附近的一間美式早午餐店。

店裡人不是很多。淺綠色的四葉草花紋勾勒在白色的雙肩背包上，葉雨渲站在櫃檯邊，認真專注地看著菜單。

她點了一份歐姆蛋。

我沒有很餓，只點了一杯無糖的冰拿鐵。

她微微蹙眉看著我的動作，面露好奇：「咦？你只喝咖啡嗎？」

「嗯。」

「這樣你下午會肚子餓喔。」

我微微一愣。

她認真地說著，讓我一時不知道該怎麼回應，只好默默走向店內的座位。

中午可以出學校吃飯，任何時間都可以自由進出校園。相比高中時代，更加無拘無束了。

葉雨渲把包包掛在椅子上，拿出在上課時也拿出來過的筆記本。擱置在我心中的疑問，此時又浮了出來。

「妳在寫什麼啊？」

「喔，我在寫歌詞。」

「歌詞？妳會寫歌？」

親眼看見她在大雨中歌唱，在走廊上說著自己超喜歡唱歌，而且似乎對獨立樂團有著不一樣的偏愛。因此，聽到她的回答，我的口吻並不像想像中那般驚訝。

「嗯，我會寫。」葉雨渲有點害羞，臉蛋微微染上可愛的櫻紅，她把身子往後挪了挪，繼續道：「我平常有在寫歌，因為我想創作一首編曲、作詞和演唱全部由自己完成的原創音樂。」

「聽起來很難。」

「是啊，真的很難。」葉雨渲露出了苦澀的表情，單純如她，一點都不掩飾地擺出了苦瓜臉。

她擱下筆，雙手捧著臉蛋：「最難的是……唉，其實編曲、弦律或唱法我哼著哼著慢慢就能找到感覺了。只要有靈感，感覺對了我就能寫出來。但是寫歌詞好難，我對文字太苦手了。」

「我很好奇，為什麼妳要自己寫歌？是為了以後在平臺上發布嗎？」

「這個嗎……現在的我只是想認真寫歌，想看自己能做到什麼程度。而且，我們學校在秋天會舉辦時代音樂祭的校園預選賽，規模很盛大。」葉雨渲說這些話時，眼睛一閃一閃的，非常明亮，充滿了對音樂的嚮往。

我不由得再次被吸引了。

但是，校園預選賽？

「喔？」我發出疑惑的聲音。

「時代音樂祭是臺灣前三大音樂祭，想參加的話，只有受到主辦單位邀請，或是在預選賽獲得主辦單位的認可。所以，他們舉辦的校園預選賽常常有很多學校裡的樂團搶著報名。」葉雨渲認真地解釋。

「嗯，我懂了，可以獲得更多人的關注，只要在預選賽獲得認可，就有機會參加時代音樂祭對吧？」我像是突然想起了什麼，笑著問道：「妳想參加？」

「嗯，我很想參加。你、你……哎呀，不好意思，你叫什麼名字啊？」葉雨渲低聲說道，「對不起，一直忘了問你。」

「我叫林天青，天青色等煙雨的『天青』。」

「那個，林天青同學。」

「嗯。」

「如果可以的話，可以幫我看看詞嗎？」暖茶色的短髮一晃，葉雨渲的聲音裡透著刻意掩飾過的、輕微的顫抖，雙手緊張地把筆記本拿在半空中。

唔，不得不說，很久沒有看到這麼不會掩飾自己情緒的人了。我也沒想到，會在大學裡看見這樣天真率直、能坦率表現情感的人。

有趣。

我在心裡一笑，伸手接下了筆記本：「好啊。雖然我不是很專業，但可以給妳一點意見。」

「沒關係，這對我來說就很夠了。」

「那讓我看看吧。」

「謝謝你，林天青同學！」

把筆記本平放在桌上，我喝了一口冰拿鐵，開始閱讀。

夏日午後，微微暈眩的溫暖氣溫，總是讓人忍不住昏昏欲睡。清風牽動著窗簾，和煦的陽光穿透玻璃，在室內染上一層淺藍色的光影。

葉雨渲左半側垂落眉間的碎髮之下，清澈的雙瞳乾淨單純得不可思議。讓人感到舒適的目光，停留在我的身上。

她沒有說什麼，就只是默默期待著。

那一天，我久違地讀了歌詞和樂譜。

好久好久沒有認真看詞了。

開學第一天的中午，我們在學校附近的美式早午餐店度過，直到下午才不疾不徐地走回去上課。

應該說，葉雨渲很怕遲到，但我卻有點懶散，根本不覺得會遲到。其實遲到了也還好吧，我在心裡這樣想著。

於是，看到如此悠懶閒適的我，她很快便開口催促道：「林天青同學，走快點啦，快遲到了！」

「妳怎麼一直覺得我們會遲到？」

「唔，害怕遲到不是很正常嗎？還要找教室耶，都五十幾分了，我們還在學校附近……啊啊啊啊，又要遲到了！」

「妳今天早上好像也遲到了。」我一邊滑著手機，一邊漫不經心地說道。

「可是……好吧，開學第一天就遲到了，明明我不想遲到的說。」葉雨渲往前躍了一步，半回過身望著我。

這個動作，我早上似乎也看見過。她如流蘇般俐落的髮尾，隨著動作輕巧地漾開，露出了白皙好看的後頸。

「林天青，我們跑去教室吧！」

「放心啦，我們不會遲到的。」

「那我要先跑去了，哼。」語畢，看著我敷衍的態度，葉雨渲轉過身背對著我，準備跑走。

但她的動作刻意放得很慢，一秒、兩秒、三秒……過了幾秒她依舊停在原地，很明顯是在等我。

這真的是，個性單純到不忍直視。我差一點笑出聲。

「好吧，那我們走快點。」

「真的嗎？」她嘴裡碎念著，微微蹙起清秀的雙眉，狐疑地望著我。

等到我們再次並肩後，她加快了腳步，我也跟上了她的速度。

嗯，為了不再當遲到仔。

2

酒吧裡的昨日之歌

A f t e r t h e R a i n

最後一堂課結束，終於放學了。

教室裡頓時湧出吵雜的聊天，還有收拾東西離開的瑣碎聲響。

第一週沒有認識太多同學，導師的課有讓我們稍微自我介紹，但我並沒有太專心聽。唯一認識的比較特別的人，只有葉雨渲。

大學開學的第一週，就這樣虛度了平凡的時光。

我回到家，走進房間。

這幾天我把葉雨渲寫的詞反覆看了好幾次。到後來，我幾乎不需要看從她筆記本上拍下來的照片，也記住了她編到一半的曲跟寫了一半的詞。

二十歲、夏天還有青春。

二十歲，是我們即將邁向的年紀。

讓人出乎意料的，是她編寫的弦律居然在我心中留下了深刻的印象。

以實力來說，她確實像長時間練習著這些東西，所以顯得十分嫻熟。但能寫出具有特色、好聽的曲，卻需要天賦。

個性開朗，天真無邪，甚至有點過於單純的葉雨渲，對音樂的創造性如此優秀。這樣的人，往往能創作出擊中人心的作品。

清新明亮。她的詞帶給我的視覺風格稍微明亮，但開頭的第一句又讓我略感納悶。

淡暮色。

夜幕降臨前，白天最後一點陽光即將消逝，與夜色接壤的色彩。

暮色，加了一個「淡」字。

有點意思，我忍不住這麼想著。思忖告了一段落，我暫時拋下歌詞與樂譜。

星期五的晚上，要做些什麼呢？

我坐在床邊，回想起從前。以前的我會做什麼？在升上大一前，在結束高中的最後一個暑假前，我一般都在做什麼？

一個人的時候，是在彈吉他吧。

我的視線自然而然地飄向角落，那裡有一把塵封了一段時間的吉他，整個暑假我幾乎都沒有再碰過它。

那是高中時代的我，用打工好久所存下來的積蓄，跟爸媽吵了一架後，堅持買下的吉他。

我很常抱著它坐在窗邊，看著寧靜的夜色哼唱著歌。燈光灰暗的城市，杳無人煙的街道，空無一人的公園，還有打開了窗戶，便會在耳邊輕輕歌頌的風聲。吉他聲陪伴著我，走過了無數日夜。

那是在往日，我無比深愛的吉他。

真的好久沒有彈吉他了。

只可惜現在的我，已經沒有足夠的動力再將它拿起。

——夠了。

目光轉瞬間離開早已被過往記憶封存的角落，一股莫名的失落感不知從何處蔓延開來，將我的心臟緊緊包覆。我伸手輕碰胸口，就像是安撫著什麼。

沒事，我只是幫忙看詞而已。我不想彈吉他，也不想再觸碰音樂了。

我從床沿緩緩站起，彷彿逃離似地離開了房間。

傍晚，夜色尚未深濃，夏日的天氣散發著微微涼意。

我一個人走在家裡附近的紅磚道上。這條路的不遠處，就是不久前我在驟雨中遇到葉雨渲的地方。那天，她一人在夏日的午後陣雨下，淋著雨，快快樂樂地唱著歌。

而且，她唱著〈昨日之歌〉。

想到那天的事，我的嘴角還是忍不住彎起，真是一場神祕的、只有我才知道的相遇。

啊，閒閒沒事，不如去那間獨立唱片行聽聽唱片吧。

上次買了 **Lana Del Rey** 新出的專輯，好幾天都沉浸在她的聲音裡。一如身處在煙霧繚繞之地，什麼事都不想做，想那樣躺著頹廢著，無所事事也無所謂著。她的聲音浪漫了放縱與頹廢，讓我深深著迷。

打定主意去挖寶，我朝著那間獨立唱片行走去。

原木色、灰色與白色，淺淺北歐色彩交織的唱片行映入眼中。

傍晚，店內透出明亮的暖黃色光芒。

我推開門，老闆在櫃檯後方看著書，戴著黑灰色圓框眼鏡的他，稍微抬頭看了我一眼。

「晚安。」

「你好……」我走了進來。

上次白天來的時候，會發出清脆聲響的風鈴已經不在木桿子上了。

是被老闆摘下來了吧？

此時店裡有三四組客人，他們隨意地逛著，試聽著音樂。

這間店的陳列商品並不是很多，書櫃和唱片架之間的距離比較寬鬆，閒逛起來沒什麼壓迫感，十分舒適。而那些被留在架上的作品，幾乎都是獨一無二、充滿個性的傑作。

老闆的眼光真好啊。

乾燥的空氣，宜人的氣溫，舒緩的音樂，書本與木櫃的氣息。空氣間瀰漫著淡淡的柑橘氣息，似乎來自一旁MUJI的香氛機。

「嗯……」我從架上翻出一張唱片。對這個女歌手有點印象但又不太確定的我，打算拿出手機搜尋相關資訊。

「那張是Cyrille Aimee。」

「嗯？」

「爵士歌手，作品很多。」老闆路過我身邊，僅僅瞥了一眼我手上的唱片，就拋下了這句話。

我愣愣地站著，凝視唱片，直到記憶慢慢浮起。

Cyrille Aimee是一位很有故事的當代傳奇爵士歌手。

每次聽到她的歌，想到她以前的故事，就會忍不住會心一笑。有一次她接受電臺訪問，說到年紀還小的她，會在晚上偷溜出去跟吉普賽人圍著營火唱歌，一起搖擺。彷彿能從訪談的描繪中，看到她對音樂的熱愛。

她對音樂的愛，也讓她在日後綻放出無與倫比的光芒。

她是一位嗓音清透，技巧成熟，演繹浪漫，融合了對傳統經典與現代音樂的理解，風格獨特的原創爵士歌手。

我想試聽這張專輯，於是把試聽的唱片放進了播放器中。

夜色漸漸變深，我陶醉地徜徉在Cyrille Aimee的嗓音裡。

過了一段時間，當窗外的街道再也沒有人經過時，夜色終於暗了下來，整座城市被無聲的黑暗慢慢籠罩。

我把專輯拿到櫃檯，跟老闆結了帳。

穿著白色襯衫搭配黑色背心的老闆，一臉溫文儒雅、頗有氣質的模樣。他看了我一眼，溫和地說：「你是第二次買專輯了。」

「你記得我啊？」

「你上一次買了 Lana Del Rey 的專輯，還在這裡喝了杯咖啡。」

「對，上個星期，我第一次發現這裡有這種店。」老闆的聲音十分厚實，加上我對獨立唱片行和書店的經營者頗有好感，便跟他聊了幾句。

他把專輯包進牛皮紙袋，遞給了我：「你很常聽獨立音樂嗎？」

「算常吧。」

「那推薦一個樂團給你——『往日餘生』。上一次跟你一起聽音樂的那個女孩子，她很喜歡這個樂團。」

「喔……」眼前的視線恍若定格，我的背後感到一陣發冷。

「你聽過嗎？」老闆微笑著問道。

「算是……有吧。」

「他們是臺灣的一個獨立樂團，不算很紅，有一點粉絲。大概幾個月前就比較少活動了，但歌真的很有特色，可以找來聽聽看，我很推薦。」

「好的，我回去會找來聽，謝謝。」

「慢走。」老闆收回了在圓框眼鏡後的柔和視線。

我說了聲「先走了」，便拿起裝著專輯的牛皮紙袋，像是什麼事也沒有發生過一般，默默推開玻璃門。

站在狹長而無人的空曠街道上，我的耳邊迴盪著老闆剛剛說的那個樂團名字。

——往日餘生。

星期五的夜晚過後，迎來了大學生的第一個週末。對我而言，我還在習慣著生活的變化，學習著怎麼與「現在」相處。

不再彈吉他以後，我依然聽著歌。

高中三年，走過了那段美好而燦爛的時光，我早已離不開歌與音樂。沒有出門時，房間裡總是用音質不錯的音響播放著長長的歌單。

日子或許變得有點無聊了。一個人在房間裡，心裡忽然冒出這個感想。

但那也無妨。頹廢放縱，難道就不是生活嗎？

週日的下午，一通突如其來的電話把我驚醒了。

煦陽被窗簾隔絕，房間裡循環著涼爽的冷氣。因前一天追劇到深夜，午覺睡得正熟的我，邊嘖嘖地反省手機為什麼沒有關靜音，一邊暗想著不管是誰，都要直接把手機掛掉。

我拿起手機一看，是前輩。

煩躁。

掛掉也不太好，但要是接起來肯定會影響到我睡覺。於是，我把手機拿到枕頭下面，就這樣放著。

幾十秒後，響鈴才終於結束，通訊軟體的訊息也隨之而來。

「林天青，你是在睡覺？」

「下星期我學弟的樂團要去駐唱，這是他們第一次對外表演，你有空要不要來聽？在我們以前去過的酒吧。」

「要去的話，記得跟我說。」

看完後，我無語了幾秒，把手機關靜音之後，放到桌上。

樂團和 Live，這些東西好像都離我有點遠了。

我也不想去。

我走回床邊，任憑身體向床上倒去。

在夏日午後吹冷氣睡覺是最幸福的事了，睡意轉瞬間占據了我的腦海，強烈的疲憊感讓我很快又睡著了。

一覺無夢。

約莫睡了兩個小時後，我在四點又再次醒來。

伸了個懶腰，我用手拍拍臉頰，走向家裡一樓的冰箱。冰鎮綠茶入口後，一股沁涼讓我總算清醒了。

看了看手機，前輩的訊息再次傳來。

「表演樂團的吉他手是我學弟，主唱是我學妹。」

「這兩個人你一定記得。」

「他們以前很常來聽我們演唱，也算是受到我們的影響，才堅決開始追尋音樂夢的。」

我閉上雙眼，仰頭向著天花板。太多的過往記憶在心中翻騰，無論好壞或是否快樂。可是我現在什麼都不想回憶，更不想讓鮮明的記憶占據腦海，只能盡可能放空思緒。

去與不去，在心裡不斷拉扯。最後，我長長地嘆了一口氣。

要是去的話，就當作跟往日的告別吧。

葉雨渲真的是很單純的人。

自從發現我能跟她聊獨立音樂與創作後，她常常在下課時間找我，也會在上課的空檔，跟我交頭接耳。這樣的葉雨渲，很像一隻發現松果的小松鼠，雙手放在胸前，可愛地在自己的窩與松果間來來回回。

我們喜歡聽的歌，都是原創性比較高的歌。

獨立樂團偏小眾，能找到有共同話題的朋友，本來就比較難。慢慢地，我們變成了要是沒有其他安排，就會在中午一起出去吃飯的關係。課間，她偶爾也會問我要不要去哪裡。

這讓我有點意外。

我們都是大學生了，同學與同學間的關係並沒有高中那麼緊密。更多時候，都只是處於同一課堂的陌生人。我也很久沒有發自內心、真心地與別人交流了，更何況是剛認識的新同學。

開學一週，我認識了幾個新朋友，都還算是聊得來。

而葉雨渲，卻幾乎是個小透明。

她的個性天真，與人相處真誠，但說話時總是會不好意思，稍顯羞怯。外表嬌小可愛的她，有著一頭暖茶色的流蘇短髮，幾縷刻意不整理的碎髮半遮住左邊的眉毛，帶了點自然與清新的氣質。

像小松鼠一樣的感覺。

她很喜歡聽歌。

但她聽歌，卻不只是聽歌。更像是探索無垠星際的冒險家，航向充滿未知的領域，透過一次又一次暢遊在音樂中的旅行，吸取靈感和經驗。踏足無人踏足之地，磨練感性的同時，極大地吸收新的見聞和感受。無論那些感受是美好或悲傷。

想要創作出好音樂的人，他必定得先聽過好的音樂。

我一向很認同這個看法，因此也看得出來葉雨渲在做什麼。

她不只聽她喜歡的音樂。有時她也會聽搖滾和金屬，甚至嘶吼唱腔，音樂的年代更是從一九〇〇跨越到二〇二〇。

聽到印象深刻的歌，坐在我旁邊的她，常常也會將耳機的一半遞給我。

「吶，林天青同學，聽聽看。」

「這首歌的副歌很好玩耶。」

「這個背景音是怎麼做出來的啊？跟她的唱腔好搭，是效果音嗎？」

遇到不懂的她就會問我，如果我知道也會告訴她。彼此的交流隔著課桌椅之間的走道。

單純認真，這是我對她最新的認識。

與人交流毫無心機，從不考慮利益，總是表現出發自內心的真誠，能親近地相處著。這樣聊起來非常舒適，就好像看著一條清澈見底的河流一般。

上課時，葉雨渲也會寫歌，偶爾還會輕輕咬著嘴唇。當她用手撐著臉蛋時，就是寫歌陷入瓶頸，卡住了。這時心煩意亂的她，會跟著做出許多混亂的動作。

她會用雙手揉亂頭頂的髮絲，或鬱悶地捏著兩側臉頰，甚至無奈萬分地把額頭靠在桌沿，雙眼看向地板。

我每次看到都覺得很好笑，忍不住笑出了聲。

然後葉雨渲就會突然驚醒，蹙著眉頭瞪著我，只差沒有不開心地鼓起臉頰。

離秋天的預選賽越來越近，葉雨渲也越來越投入寫歌。為了某件事而竭盡全力的模樣，真的很迷人。

我們大學的生活就這樣持續著，姑且算不上無聊。

在鄰近週末的時候，葉雨渲在最後一節下課收好桌上的東西，雙手交握在大腿前，煞有其事地站在我的座位旁邊。

「林天青同學，今天晚上你有空嗎？」

我稍微沉默了一下。

「嘖，你是不是又在想——哎呀，雖然有空，但是說有空的話搞不好就要被拉去很麻煩的地方，所以還是說沒空好了。」

「我沒有這樣想……」覺得無奈，我只好出言解釋。

葉雨渲微微瞇著眼睛，好像不怎麼相信我。面露狐疑的她，有種反差的俏皮感。

她不是真的會質疑別人的女孩，幾秒後，她重新張開澄澈的雙眼，吞吞吐吐地說道：「其實，我有一個想去的地方。」

「那妳就去啊。」

「一個人去不太好，唔，那裡不太像是可以一個人去的地方。」

「什麼地方？」

「一個音樂主題的酒吧。」

「音樂酒吧？」瞬間，我有點驚訝。

散落各處的音樂主題酒吧，孕育了無數的獨立樂團。很多獨立樂團在成名之前，啊，不說成名，是在小有名氣之前，都是從酒吧跟 Live House 駐唱發跡，有了支持者後，才漸漸走進獨立音樂祭，走進大眾的視野。

平常從事著音樂創作，嚮往著獨立樂團的葉雨渲，居然沒有去過。

稍作思考，我好像懂了。

正在寫歌、準備參加時代音樂祭校園預選賽的她，是想要感受全新的音樂與生活體驗吧？

用這種方式來獲取靈感。

葉雨渲單手抓著上衣的下襬，身體有點僵硬，表情也是，但雙瞳依然堅定地直視著我。我注意到，她的臉蛋因緊張而變得更白了。

「妳不敢一個人去嗎？」

「嗯。」她羞澀地點點頭。

她一定是知道音樂酒吧裡的駐唱，有不少值得細細品味的東西，也有更多值得體會的經歷，才決定要去。

在我站起身後，她微微抬頭，直直地望著我。

因為十幾公分的身高差，她自然地以較低的角度看向我。雖然沒有說話，但她的一舉一動，那些因內心情感而牽動的動作，深深影響了我。

也許是被感動了吧。

唉，確實，好好的週五晚上，我更想買杯手搖杯，回家坐在懶骨頭沙發上耍廢，吹著冷氣追著劇，跟著 Cyrille Aimee 的爵士樂一起搖擺，享受頹廢無為的生活。

但在與她對視後，我發現自己竟然難以拒絕她的請求，因而陷入了很尷尬的處境。

葉雨渲上半身向前探去，一股清新的氣息向我靠近。

太近了。

「走啦。」她又再次換上了那個我熟悉的聲音。

那曾在夏日午後的大雨間聽過的、明亮而清透的聲線。充滿了空氣感，聽起來舒服而愜意，乾淨得不可思議。

我微微愣住。要是再因此答應，就是我第二次折服於這個聲線了。

其實我也不是第一次因為聽到喜歡的聲音而被折服。在名為往日的過去，也有曾經讓我一而再、再而三沉淪的聲音。

因為想占有那聲音，而不惜自己被占有。

昔日的記憶逐漸鮮明，在破碎的過往緩緩拼湊之前，我把心中的拼圖一口氣推散。

現在的我，光是生活於現在就需要很努力了。

我暗自嘆息，迎向葉雨渲的目光。

她表現出一副非常想去、絲毫不認為自己會被拒絕的模樣，讓人真不知道該如何應付。她就像一隻無害的小動物般，雙眼閃亮亮的，滿是期待。

「好吧。」我答應了她。

「耶！」葉雨渲原先略顯緊張的臉蛋，終於因為我答應一同前往，而漾起燦爛的笑容。

這種事這麼值得快樂嗎？

心中感到納悶的我，無語地眺望窗外遠方的群山風景，思考著上一次我這麼快樂是什麼時候。

是在名為「往日」的過去嗎？

葉雨渲一點也不想隱藏自己歡樂的情緒，嘴裡邊哼唱著不成調的旋律，興高采烈一蹦一跳地移動到教室門口。迫不及待，順便暗示我趕快收拾好東西。

嘖，葉雨渲認識我不久，卻已經學會了怎麼讓我迅速行動起來。

「這還真的不是一件好事啊……」我呢喃著。

在我收東西的同時，葉雨渲也不管教室裡還有其他同學在，清脆的聲音從門口傳來：「快點呀，林天青！」

「來了。」

「不要再拖了，走走走。」

等我走到門口後，想趕快出發的她，只差沒有在我背後推著我走。我忍不住微微一笑，能坦率地表達一直是她的優點呢。

我們就這樣邊閒聊，邊往目的地前進。

我感覺自己好像隱約忘記了什麼事，一件很小的事情，但我也沒有細想。

走出校園，鄰近傍晚的夏日，夕陽的餘暉閃耀著，臺北街道上微風徐徐。

離晚上還有一段時間，我們先去了音樂酒吧附近的速食店吃了晚餐。

從速食店出來，夜色已至，時間差不多了。

「走吧。」我率先邁開步伐，讓葉雨渲跟著我走。

葉雨渲想去的酒吧叫做「低音符」。

低音符酒吧座落於一條隱密的巷子內。最近幾年，位於暗巷內的酒吧與咖啡館越來越多，許多文藝青年都喜歡在此流連忘返。

音樂主題酒吧。在燈光灰暗、音樂環繞、頗有情調的環境之中喝杯酒，很能放鬆心情。

我突然想到一件事，於是開口問道：「吶，葉雨渲。」

「嗯？」

「妳會喝酒嗎？」

「一點點的話，還可以。」

「……好吧。」聽起來好像有點問題，等一下還是不要讓她喝太多比較好。

在服務生的帶位下，我們坐在了能看清楚樂團表演的座位。而準備表演的樂團似乎還沒有到達現場。

我稍稍留意了一下，唔，音響跟設備看起來都有一定的水準。

葉雨渲在坐下之前，簡直像一隻在非洲大草原上探頭探腦、對一切事物抱有十足好奇心的狐獴。第一次來到這種地方的她，雙眼在灰暗的光線中，依然清澈明亮。

就坐後，服務生遞來酒單。

我點了酒精含量最低的飲品，而葉雨渲則認真地研究著酒單上的品項。

一股不妙的感覺慢慢湧起，我只好說道：「吶，葉雨渲。」

「怎麼了？」她抬起頭，用手撩開遮住左半邊臉蛋的碎髮。

單純如她，可能真的沒想到醉了該怎麼辦。

「我們是來聽音樂的吧？不要喝太多酒，也不要喝太烈的酒。」

「哦，那你有推薦的嗎？」

我看了一眼酒單：「現在是夏天，妳可以喝一點口感清爽、帶點氣泡的飲品。Gin & Tonic，這個妳可能會喜歡。」

「嗯，會苦嗎？」她張大雙眼，頭微微傾斜著。

我本來想說「什麼酒不會苦」，但在話說出口前，換了一個方式：「還好。通常調酒師會放點萊姆汁跟糖，加上本來就有氣泡水作為基底，不會太苦。」

「那我試試看好了。」葉雨渲用手指了指 Gin & Tonic，這可能是她人生的第一杯調酒。

等酒上桌前，葉雨渲的目光飄向樂團表演駐唱的角落。

「林天青同學，你是不是很熟悉這種地方啊？」

果不其然，性格率真的她，不費吹灰之力就切入了我一直想掩飾避談的地方。她的聲音很柔和，聽起來只是與我輕鬆地閒聊著。

我微微一笑，決定避開這個話題：「還好。」

「真的嗎？」

「真的。」

「哼，林天青，你常常這樣呢。」葉雨渲嘟著嘴唇，聲音裡透出極其輕微的無力感。既像是說給我聽，也像是自己無意間的抱怨。

她小小聲說完，也不繼續這個話題，就只是看著我。乾淨而明亮的雙瞳裡，連一絲責備都沒有。

我忍不住摒住氣息。

應該愧疚嗎？

我也不知道啊。

我確實來過這樣的地方幾次，但喝酒並不是主要目的。之所以懂一些調酒的名字，純粹只是因為前輩喜歡喝酒，也時常約我小酌而已。

想到這裡，我才後知後覺地意識到——在葉雨渲面前，我把往日與現在切開了。

跟她相處時，我從來不會提到以前的事。那些過往雲煙，不管再怎麼燦爛，都已一去不復返。本就不想回憶的我，就更不想跟其他人分享了。

尤其是葉雨渲。

Gin & Tonic 跟我點的酒上桌了。

葉雨渲探前身子，靠在桌沿看著她的那杯調酒。透明的飲品，冒著微小的氣泡，杯緣還裝飾著翠綠的檸檬片，給人一種獨屬夏日的清涼感。

她看了看自己的杯子，再一臉好奇地看向我的杯子。

「林天青。」

「嗯？」

「你點的是什麼？」

「Margarita。」

我點這杯是有理由的啊。我慢慢拿起杯子，就在這時，一個三人樂團越過我們的桌邊。低音符酒吧裡頓時傳來幾聲歡呼，似乎在歡迎他們的到來。

這是今天晚上駐唱的獨立樂團吧。

葉雨渲輕啜著她的調酒，視線跟著樂團緩緩移動。

幹，我想起來了。

從下午就隱約覺得自己忘了什麼事，因為不是很重要，我也沒有認真想。直到剛剛，在樂團經過我們的時候，我終於想起來了。

前輩的邀約。

——下星期我學弟的樂團要去駐唱，這是他們第一次對外表演，你有空要不要來聽？在我們以前去過的酒吧。

我真是無言以對。那個酒吧，剛好就是低音符酒吧？

今天是週五，葉雨渲在放學之後的臨時邀約，竟然剛好跟前輩約我的地方一模一樣。

那，前輩也在這裡？

剛才聽到的呼聲裡，前輩那厚實的聲音似乎混雜其中。

酒吧裡的燈光本來就偏灰暗，等一下開始表演後，在音樂渲染過的氣氛之下，如果不站起來的話，應該不會有人發現我在這裡吧？

無數念頭在心裡閃過，我不確定表情控制得好不好，只好低頭輕啜杯裡的調酒。

我好久沒喝這款酒了。

一時走神，當我把注意力再次拉回現實後，才發現葉雨渲正直直地盯著我。

她的眼裡有些擔心，但卻沒有說破。

跟第一次來到音樂酒吧的她相處，我卻想著好多好多其他的事情，甚至注意力完全飄向遠方。即使是我，心裡還是產生了些許愧疚感。

「好喝嗎？妳那杯。」

「唔，還是有點苦。」葉雨渲吐吐舌頭。

「那妳可以跟調酒師說要全糖。這種調酒，一般都是半糖或無糖。」

「全糖……少來，一聽就知道在騙我！」

「哈哈哈哈，有些是可以指定糖度啦，但大部分的酒當然是苦的。」我想了想，「也是因為這樣，大家才喝酒吧。咖啡也是。」

葉雨渲纖細的雙手捧住杯身：「雖然有點苦，但是好喝。」

「那就好。」我柔聲說道。

看看時間，駐唱樂團也差不多要開始演唱了。

——表演樂團的吉他手是我學弟，主唱是我學妹。

——這兩個人你一定記得。

——他們以前很常來聽我們演唱，也算是受到我們的影響，才堅決開始追尋音樂夢的。

我突然想起了前輩的訊息。

低音符酒吧本來就是鬧中取靜的微醺氛圍，偏休閒，比較安靜，適合朋友們喝喝東西聊聊天。

「好期待。」葉雨渲輕聲真摯地說道。

低音符酒吧特地調整了燈光，在角落的舞臺上，燈光聚集之處，背上吉他的吉他手，站定位的貝斯手，還有拿著麥克風站在中央的主唱。

三人樂團，初具架勢。

吉他手與主唱都是我看過的人，也聊過幾句。不知道他們有沒有好好成長？有蛻變出自己的風格嗎？

我後知後覺地發現，原來我心裡還是期待著。很好奇，今天究竟能聽到什麼樣的獨立音樂。

「林天青。」

「嗯？」

「你知道我為什麼找你一起來嗎？」

「因為妳不敢一個人來？」

三人樂團開始試音，進行最後的調整。他們的默契和對舞臺與器材的熟悉度，都還有些青澀。

正因如此，才值得期待啊。

葉雨渲猶似氣音般的細微聲音，在我耳邊說著：「因為他們會演唱〈昨日之歌〉。」

「〈昨日之歌〉？」

「你一定聽過。只要在這一兩年常聽獨立音樂的人，肯定聽過。」葉雨渲的眼神透出光芒，「這一年，大部分音樂祭上幾乎都會有這首歌的原唱出沒——往日餘生樂團。主唱是一個叫余生的帥氣女生，看起來很憂鬱的吉他手叫一炊煙，還有一個年紀比他們大一點的鼓手。」

「……帥氣的女生？」

「對啊。余生的一舉一動俐落又率性，十分颯爽，她的女粉很多喔。那段時間，要是往日餘生沒有來參加音樂祭，通常也會有其他樂團翻唱〈昨日之歌〉。」

「好像……有聽過吧……」我有點不知道該如何回答。

「你一定聽過。雖然我是女生，但他們的主唱，該怎麼說呢？很美，她的身上有股獨特的、能吸引人靠近的氣質。

「余生的聲線也很特別。她擁有充滿磁性，深深具有吸引力的歌聲。明明無比隨性，慵懶而獨一無二的聲線卻能在腦海中不斷迴盪，令人上癮。跟她漂亮的眼睛一樣，深邃得宛如無底的深淵。」葉雨渲少有地以堅定的口吻總結。

她單手拿起 Gin & Tonic，再次喝了一小口。這一次，我注意到一朵櫻紅色渲染了她的酒窩。

〈昨日之歌〉。

我把背靠在椅背上。本來想再喝口酒，手卻在拿起酒杯的前一秒緩緩放下。

我突然話鋒一轉，問道：「葉雨渲，既然是很常聽到的歌，為什麼要特地來這裡聽呢？」

「因為那首歌的原唱樂團突然消失了。我已經好幾個月沒有在 Live 現場聽過那首歌，有點懷念主唱慵懶的唱腔。」

我微微一愣。

「沒有人知道創作出〈昨日之歌〉的往日餘生樂團去哪裡了。」

「是嗎⋯⋯」

「我不知道他們是不是解散了，但搞不好他們只是在休息而已。」葉雨渲想輕描淡寫地帶過，但她聲音裡情感波動的痕跡太明顯了。

她好似整理情緒般地停頓了幾秒，才繼續說道：「〈昨日之歌〉的原唱，忽然間就不出席音樂祭，以前經常出沒的地方也不去，連他們經營的 Youtube 頻道都不再更新作品。有些人甚至懷疑，主唱是不是放棄唱歌了。」

我再次沉默地看著葉雨渲。

「如果這是真的，我超難過的。」葉雨渲講述這段話的時候，心情顯得十分低落。不會掩飾情緒的她，當然也不可能隱藏起悲傷。她深深地低下頭，避開了我的視線。等到她再次抬起頭時，眼眶已經微微泛紅。

這也是我第一次看到，黯淡悲傷的情緒籠罩著她。

她可是一向活潑開朗的葉雨渲啊。

「所以，他們不見了幾個月對吧？」

「嗯。」

「那他們可能還是會重出江湖的，說不定只是去度個假。放鬆放鬆，修養疲倦的心靈，調整過後再重新出發。」

「說不定就這樣呢。」葉雨渲點了點頭，伸手探向 Gin & Tonic 的小酒杯。

就在這時，音樂響起了。

在我們剛剛對話的同時，三人樂團完成了最後的器材調整。簡單地自我介紹後，由吉他手拉開演奏的序幕。

乍聽之下頗有情調且音色豐富的吉他聲，作為前奏輕快地躍上舞臺，但跳動的音符背後，卻隱藏著明顯的爆發力。貝斯手隨後加入，在特定的節奏點上，放大了情感與節奏。

氣氛醞釀得十分出色。

歌曲的前奏在低音符酒吧裡流淌，主唱發出幾個泛音後，合音進入了音樂之中。她偶爾輕點，偶爾重擊，勾住了所有人的興致。

有點意思。

一道仲夏夜慶典的畫面，在我眼前展開。

那是在不知名的溫馨小鎮上，在無盡星空之下，高高燃起的火堆，周圍有著無數居民熱烈地跳舞慶祝著。

很歡樂，很開朗。

進入主歌後，節奏越加明快。主唱的聲音迎來了爆發，一句一句，一字一字，帶著慶典走向高潮。駕輕就熟的她，在高音處的聲線十分溫暖，一點也不刺耳。原先烘托著氛圍的吉他，在這時也展現出高水準的演奏實力，與主唱的歌唱相輔相成，表現得淋漓盡致。

這場慶典，絕對能讓所有賓客心存餘韻了。

舞臺上的他們，真的十分耀眼。

貝斯手略顯激動地撥動著貝斯的琴弦，一道道音符充滿力量地迴盪在酒吧的空間內。主唱拿著麥克風，身體跟著律動搖擺，唱得非常投入。

我轉頭環視了低音符音樂酒吧一圈，說實話，這樣的表演水準，幾乎讓所有在座的客人都被吸引了。

他們的音樂，是讓人想繼續聽下去的音樂。

這無疑是成功的初登場。

在我環視的過程中，我看到了前輩。他興奮地勾著旁邊的人的脖子，一起跟著節奏擺動。

前輩好像也看見我了，但我不是很確定。

在灰暗的光線裡，葉雨渲的眼瞳反射著舞臺的燈光。她聽得入迷，深深地沉浸其中。

強大的共鳴性。

珍貴的感受性。

至此我終於確定，葉雨渲完全具有成為一線音樂創作人的天分。她的手放在酒杯旁，輕輕地敲打著，感受著音樂帶給她的衝擊。

三人樂團就這樣接連演奏了幾首歌。這其間，我面帶微笑地聽著。在我記得的地方，也會跟著一起哼唱。

我多點了一杯酒，只是單純覺得，在音樂盛宴裡多喝一杯也無妨。至於葉雨渲，還是不要再喝了比較好。

「乾杯！」然而，陶醉在演出中的葉雨渲，趁著兩首歌的空檔，暫時從音樂的漩渦中抽離了出來。她把酒杯與我的酒杯對碰，直接喝了一大口。

「咦？」

「你是不是喝第二杯了啊？林天青。」她的眼神似乎有點迷濛。

「妳不要再喝了。」

「我不會再點了啦。」

「好吧。」我勉強相信。

就在這時，一段熟悉的前奏驟然響起——

哈囉，好久沒看到妳

這陣子妳去了哪裡

生活這麼煩，我卻只想喝那堤
跟妳一起坐在咖啡館裡

低音符酒吧裡的人們短暫地止住了喧嘩，酒吧瞬間變得靜悄悄的，唯一的聲音，來自舞臺。

在場的很多人都喜歡獨立音樂，也都聽過那首歌。

〈昨日之歌〉。

僅僅是先行的幾個音符，熟悉那首歌的人就能聽出來了。

我也是。

一時間，我竟不知道該如何形容這複雜的心情。

我們去了酒吧
聽著爵士藍調與 LoFi 的派對
妳微醺地拿著長島冰茶
紅著臉靠在我肩膀，說自己沒醉啊

夜晚才剛剛開始
妳大聲問著駐唱樂團在哪
搶來 mic 唱著屬於自己的歌，魔幻的聲音意氣瀟灑

那首歌，是我們最愛的那首歌
我們跟著時間走啊走啊

莫名的情緒，讓我再也無法控制臉上的表情。

〈昨日之歌〉原來是這樣的歌嗎？

這首歌能把人們帶回往日，讓人在不意間回想那些早已逝去的美好。當色彩鮮明的記憶在心中一幕幕閃過，又有誰能不受到影響呢？

巨大莫名的失落感在我的心裡鑿開一個洞，讓所有的活力、開心和對未來的憧憬，都隨著音樂流淌而去，轉瞬消失。

我放在胸前的手慢慢垂下，再也無力支撐。

昨日之歌。

往日餘生。

在主唱唱到自己都快哭出來的時候，歌終於緩緩結束了，整個低音符酒吧的氣氛頓時陷入了龐大的感情漩渦之中。

我再也無法掩飾，眼淚在我察覺以前，就已經悄悄溢出了眼眶。

我被他們竭盡全力、注入了無數情感所詮釋出來的音樂，深深地打動了。更被他們的歌聲牽引著，追憶著一去不復返的往日。那條埋藏的心弦，亦被深深地觸動著。

坐在我對面的葉雨渲，眼眶也微微泛紅。

等到我們稍微從歌曲的餘韻中抽離出來，已經不知道是幾點了，還坐在低音符酒吧裡的只剩下兩三組客人。其中一組是我們，另外一組是那個三人樂團，還有前輩。

不需要去打招呼了吧，看他們喝得正開心。

我吸了吸鼻子，直起上半身，輕輕地推開葉雨渲的手。桌上放著水杯，還有剛剛剩下的酒。我拿起酒杯，一口氣一飲而盡。

太過清醒恐怕會再去回憶那些不該回憶的事情，現在的我，已經無力再去回想了。今夜還是喝多一點，讓醉意更加深重吧。

呼——我吐出一大口氣，重整思緒。那個三人樂團，是真的很厲害呢。

「林天青，你好點了嗎？」

「嗯，好點了。謝謝妳。」

「幹嘛對我說謝謝。」葉雨渲慌忙地搖著手，不好意思地說道，「我才該抱歉，我沒想到你也會哭，我自己聽到這首歌很常哭就是了。」

「我也沒想到會這樣。」我苦笑兩聲。要是能預想到，我根本就不會來這裡了。

葉雨渲拿起桌上的水杯，抿了一口。幾縷暖茶色碎髮，稍稍遮掩住她的左眼。她隨意地撩開，雙眼輕眨，像是下定決心般開口：「吶，林天青同學。」

「嗯。」

「聽到〈昨日之歌〉會哭的人，心裡一定都有珍貴的回憶，就跟我一樣。」

葉雨渲感性地看著我。她清澈的眼瞳與微微張開的嘴唇，竟是那般迷離。

「當然。」從低落情緒中緩解過來的我，勉強故作平淡地回答。

正因為往日何其美好，大家才會深陷其中。寧可在原地徘徊，也不願繼續向前。

現在只剩下兩組客人，酒吧的員工已經開始打烊前的清理。沒有急著趕我們走，可能是因為看到我們剛剛的反應了吧。

葉雨渲雙手捧著玻璃杯，像是在思索著什麼，雙眸凝視著眼前的桌面。

「要走了嗎？」我問。

「我也想要經歷那種能徹底感動內心的體驗。」她羨慕地說。

發自內心毫不掩飾的渴望，讓我愣在當下。

「林天青，親眼看過最美的風景，接觸過最美的人，親身走過最崎嶇的路，親耳聽到最殘酷的言語，這些在創作上都是必要的吧？」

「人生的體驗當然是越多越好。」

「大家都這麼說。」

「確實。」我實話實說，「有一句話是這麼說的：只有親自下過下獄的人，才能寫出能拯救所有人的故事。」

「我懂你意思了。」葉雨渲像是找到了下一步的目標，她點點頭，拿起包包站起身。

我有預感，不久後她就會開始自己的旅行。關於音樂，也關於她自己。

「走吧。」夜深了，真的該走了。

我跟葉雨渲付完錢，離開了低音符酒吧。

早上在大學上課，晚上到這裡喝酒聊天、聽聽音樂。一直待到深夜，我忽然感受到了沉重的疲倦感。一向充滿元氣的葉雨渲也打了個哈欠，伸了個懶腰。

她俐落的流蘇短髮，好像有點失去光彩。

夏日的深夜，臺北街頭的清冷微風捎走了身上多餘的黏膩與熱度。

「下一次，我們去哪裡呢？」

「才剛剛結束妳不要就開始想下一次啊。」我忍不住吐槽她。

3

間奏
我聽到一座森林

週末無所事事。

美好的悠閒時光，讓我能心安理得地耍廢。

大學的生活終於進入了平靜期。

或許，是因為那天在低音符酒吧經歷了難忘的一夜，讓對生活非常感性的葉雨渲獲得了極大的創作靈感。加上我對她說「才剛剛結束，不要馬上就想著下一次要去哪裡」，所以接下來的一段時間，她就很少再來找我了。

葉雨渲正全心全力投入到時代音樂祭舉辦的校園預選賽中。

上課還是會遇見彼此，下課也還是會說再見。但閒聊減少了。大部分在學校的時間裡，她都埋首於筆記本。偶爾，她會丟一段曲或一句歌詞給我看，但也不是很在意我的回應。

厲害。

要是因我的三言兩語就做了修改，那我對她身為音樂創作人的評價就會降低。相信自己的感性，傾聽自己的聲音，對她來說比什麼都還重要。

要是寫出來的歌，連自己都懷疑是否好聽，那創作還有什麼意義呢？

說到寫詞。我轉動著手上的筆，好久沒寫了啊。

上一次寫歌是什麼時候呢？

坐在桌前的我空轉著筆。以前我在寫歌的時候，常常寫到一半就會抱起吉他，試著旋律，試著哼唱。如今早已無法拿起吉他的我，也做不到這件事了。

但寫歌真的好快樂啊。

我仍然忍不住去回想，坐在咖啡館裡，埋首在筆記本中的昨日。聽著咖啡館裡的 **Lo-Fi Jazz**，聽著窗外傳來的雨滴的和聲。

滴答滴答，一切都是那麼地溫暖醉人。

不過，現在的我不再是作詞人了。

我單手托著下巴，聆聽教室裡的聲音。老師念著簡報，粉筆碰觸黑板，同學們小聲地討論課題，書本被一次次地翻頁。大學的生活啊，這樣踏實而平淡的感受由心而生。

直到鐘聲響起，平凡的一天又過去了。

葉雨渲小聲地跟我說了聲「拜拜」，背起背包，拿著筆記本，一溜煙地離開教室。側過頭，我只看到她飄逸的暖茶色短髮，隨著她離開的身影輕輕晃動著。

不知不覺，我竟有點期待她完成那首歌。

收拾好包包，我也離開了教室。

秋天初臨，走在平時回家的路上，明顯感受到天氣漸漸變涼了。不再像是盛夏時節，走在路上都會流汗，是我最喜歡的季節。

今天的心情十分愉快，我想想沒什麼事要做，之前買的 Cyrille Aimee 的專輯也聽過好幾次了。

這段時間，我的房間常常迴盪著她的爵士，**Lo-Fi Jazz Hop** 那充滿顆粒感、節奏明顯、沒有歌詞卻富有情調的音樂不斷循環著。

想再接觸新的東西了。我這樣想著，於是便往那間獨立唱片行走去。

夜色降臨之前，我推開了唱片行的門，溫潤的風鈴聲又一次傳入耳中。

咦？風鈴的聲音好像變了？

我抬頭一看，懸掛在門口木桿上的，是一串有著三隻金魚的木製風鈴。第一次來的時候是玻璃風鈴，第二次什麼也沒掛，今天則變成了木製的。

這間唱片行的老闆越來越有意思了。

笑意從心底漾起，我像往常一樣走進燈光柔和、空間寬敞的獨立唱片行。

室內沒有播放歌曲，而是流淌著在生命初萌的春日森林裡錄製的白噪音。乾燥的空氣透出淡淡果香，間距拉得很開的木製陳列架上，擺放著老闆精心挑選的專輯。

整個空間給人的感覺，跟之前來的時候明顯不一樣了。

我來來回回繞了幾遍。

這個時間，店裡居然只有我一個人。

我不疾不徐地走過陳列架，有興趣的專輯就拿起來端詳。也試聽了幾張專輯，都還不錯，可惜沒有擊中我。

能放在這裡的專輯，早就不能以簡單的好壞區分。能遠度重洋、被放在這裡的獨立音樂專輯，都是完成度很高，創造性出色，客觀評價極佳的作品。

差別只在於個人的喜好。

直到我走到靠近櫃檯的陳列架，看到一張以三個人坐在帆船上的照片作為封面的專輯。

兩個白人，一個黑人。

乾脆地展現態度，我喜歡。

我取下專輯，發現它有試聽片，猜想老闆應該很推薦這張。我拿起店裡提供的耳罩式耳機，隨手按下播放鍵。

短暫等待，播放機傳來讀取的底噪。

幾秒後，一片蔚藍的海洋在我眼前倏地出現。無聲連綿向遠方的海平面，澄澈的藍成為我眼中的唯一色彩。彷彿站在夏日的海岸，正等著出海航行。

女主迷幻而鬆弛的唱腔驟然傳來，整首歌不疾不徐地在海中漾開。

我彷彿跟著她，隨著帆船一同航向遠方。碧海藍天，我們在帆船上唱著歌，喝著啤酒，與海豚相伴。

這段旅程竟是如此美好，讓人幾乎忘卻了眼前的所有事物。

等我意識到自己正跟著音樂輕輕晃動時，才緩緩睜開雙眼，而這首歌也剛好結束了。

天啊，這是什麼樂團？

太好聽了吧。

我又遇到了一個以前沒有接觸過的獨立樂團。我又一次按下播放鍵，貪婪地想再次追上她的腳步。

復古感、輕爵士和 Funk，曲風快速閃過我的腦海，迷人得讓人忍不住跟著節奏點頭。

弛放，輕鬆，愜意。

聽著這首歌，我全身上下的肌肉與毛孔都再也沒有任何壓力。我忍不住讚嘆，原來這就是最近越來越多人喜歡的曲風啊。

其實，這也是我以前最喜歡並嘗試創作過的曲風。

Chillout 音樂。以弛放感為最大特色，包含了或輕快、或緩慢、讓人自然放鬆的節奏。慵懶愜意，略帶頹廢。

最適合躺在沙發上，聽著 Chillout 音樂，在繁忙的生活中小憩片刻，舒緩情緒，進入平凡的一天中平靜卻又美妙氛圍。

「哇……」我摘掉耳機，迫不及待翻轉專輯，看向樂團的名稱。

The Marias。

本想用手機查一下這個樂團的資料，但想了幾秒，還是決定先結帳。

我拿著專輯走向櫃檯。

戴著灰黑色圓框眼鏡的斯文老闆，正坐在櫃檯裡看著《夏洛克》，英國BBC版的神探。

他看到我走過來，緩緩按下暫停。

「哈囉，我要買這個。」

「你好，這次你買了……喔，這個獨立樂團我也很推薦。」老闆替專輯結了帳，「曲風很討人喜歡吧？」

「是啊，至少我很喜歡。再給我一杯冰拿鐵好了，不要糖。」

「好的，稍等。」

我拿著用牛皮紙袋包好的專輯，走到獨立唱片行後方的座位區。找了張靠牆的圓桌，坐了下來。

The Marias。

不急著回去的我，好奇地搜尋著樂團的資料，等待咖啡做好。

幾分鐘後，現煮咖啡的香氣朝我靠近。

「來，小心喔。」老闆在桌上放下一杯冰拿鐵後，手裡還拿著一杯冒著煙的咖啡。

我抬起頭盯著老闆，這是我第一次在櫃檯以外的地方凝視著他。

他的個子比我還高，可能有一百八十了。他留著看上去挺舒適的中短髮，五官線條柔和，雙眼一點也不銳利，是個氣質穩重斯文的中年男子。

老闆十分溫和地開口聊道：「前幾天我也有去低音符酒吧。」

「喔？」

「那天的駐唱在唱〈昨日之歌〉時，好多人都差點哭出來了。我有看到你，還有一個常來我們店裡的女孩。」

「常來這裡嗎？」

「對啊。一個暖茶色短髮、個子不高的女孩子。可能是高中生，或者是大學生吧。她很喜歡來這裡聽音樂，平常好像也有在寫歌。」

「我知道你說的是誰了。」暖茶色短髮，在寫歌，那就只能是葉雨渲了。個子嬌小，皮膚白皙，不僅外表看起來像高中生，內心更像是小孩一般天真而單純。現在正為了參加時代音樂祭主辦的校園預選賽，拚命準備中。

也是那個，會在驟雨間唱歌的女孩。

我回道：「嗯，我們是大學生，同班同學。」

「你們果然認識啊。」不知為何，老闆一副果然如此地笑了，「在低音符酒吧裡你們好像坐在一起，聽得很入迷，我就沒有打擾你們了。」

「那天是真的很感動。」

老闆也是喜歡音樂的人。我邊喝著咖啡，邊與老闆聊天。店裡沒有其他客人，氣氛很悠哉。

老闆也喝了口手上的黑咖啡，他沒有坐下，而是繼續溫吞地說道：「〈昨日之歌〉就是以前我推薦給你的那個樂團，往日餘生最有名的歌了。怎麼樣，很好聽吧？」

「現場聽起來……那天的駐唱樂團，唱得太有感情了。」幾乎打動了現場所有人，很厲害。

「好聽就好。」老闆呵呵地笑著，走回了櫃檯。

我在店裡又坐了一下，喝完拿鐵，才帶上 The Marias 的專輯離開獨立唱片行。

夜幕降臨，我清閒無比地走在臺北街頭。邊想著晚餐要吃什麼，邊想著明天要幹嘛，這種過於放鬆的日子，過久了還是很愉快的。

清風拂過街道，涼爽的風十分舒服。

我走在回家的路上，心情靜如止水，毫無漣漪。

在那之後，時間繼續不停向前流動著。

大學開學一段時間了，有些想認識同好的人與希望在校園裡找到志同道合伙伴的同學，紛紛加入了社團。

我們大學的社團風氣普通，很多人都參加了「放學回家社」，但整體社團的種類不少，我記得光是音樂相關的就有三四個。

浮萍藝術大學在音樂領域投入很多資源，不僅是時代音樂祭的固定合作對象，也有跟幾個小型音樂節合作。

音樂相關的社團，很多人都是以找到自己的伙伴、成立自己的樂團為目標。

我也在社團時間逛了幾個社團，但都沒有加入。只是想感受一下一群人為了同一件事一起拚命的氣氛。

就像以前的我們，也曾為了夢想而拚命努力著。

不知不覺間，蕭瑟的仲秋悄悄來到。

學校裡種植的花草樹木開始漸漸枯黃，走在林木夾道的小路上，也能看見滿地落葉了。

秋風改變了所有人的穿搭。

同學們的穿著打扮，從短袖、短褲、短裙等等還停留在夏天的衣服，開始變成更保暖的長袖、長褲與薄外套。

而葉雨渲依然專注地寫著歌，看起來快寫完了。

她越來越常找我說話，問我各種問題。

秋季線條柔和的淺色襯衫，成為了她最常穿的衣服。讓我印象很深的，是一件無領口的圓領襯衫，很適合外表看似高中生般青澀的、單純的她。

在某一天上課時，葉雨渲背了一把吉他跑進教室，差一點點就要遲到了。

她把吉他小心翼翼地放在教室後方，邊喘氣邊趴在桌面上。嬌小的身子劇烈起伏，看來她跑了一段很長的路。

我回頭望了一眼她的吉他，有點好奇。

印象中，葉雨渲沒有加入音樂相關社團，為什麼要帶吉他來學校？

而且，葉雨渲是主唱吧？

雖然有些樂團的主唱也會彈吉他，但葉雨渲也會嗎？

太多疑問從心裡浮起，一切的起因只因為她帶了一把吉他。

真有趣。

即使還在上課，我還是忍不住小聲地問道：「吶，葉雨渲。」

「呼……怎麼了？」她依然很喘。

「妳會彈吉他嗎？」

「會一點點，就簡單的伴奏，畢竟沒人幫我伴奏。」

「喔？那妳為什麼要帶吉他來？」

葉雨渲直起上半身，用手輕觸胸口，毫不遲疑地說道：「今天我想去流行音樂社看一下，順便問問時代音樂祭預選賽的事，他們說可以帶吉他去玩一玩。」

「喔，我懂了。」

「說到這個，林天青同學。」

「嗯？」

「你放學有空嗎？」

我微微一愣，下意識勾起嘴角，好久沒聽到這句話了。

自從那天在低音符酒吧過後，身為音樂創作人的葉雨渲，獲得了大量的靈感與體驗。她花了點時間消化那些感性，接著投入全部注意力，寫下她心中的感動。

從夏末一路寫到秋季，這是屬於她一個人的音樂旅行。

我放下手上的筆，看向同樣望著我的她。唔，也好久沒有這樣直直地凝視她澄澈的雙眼了。

「妳寫完了？」

「差不多了。」

「不介意的話，可以給我看看嗎？」我真心詢問。

葉雨渲想也沒想，從包包裡拿出手帳，遞給了我。

她已經不再喘氣了。今天的她，穿著水洗的天藍色襯衫，衣服表面看不到半點折痕，搭配褐色的七分褲，身上的顏色簡單，卻很柔軟，一如她本人的風格。

她就像剛剛交作業給老師的學生，正緊張又期待地等著我的反饋。

我接過筆記本。很輕，有股淡淡的清香。

筆記本的第一頁上，以她清秀的字跡寫著一句話，我猜這就是她核心的創作理念。

——向著心之所向，追逐奔跑。

我開始閱讀。

說起來，這是我第一次認真看葉雨渲譜寫的歌。

從作曲、作詞到編唱，都是她一個人傾力完成。每一個人的感性都不一樣，這是世界上只有她才能寫出的、獨一無二的音樂。

我不知不覺走進了葉雨渲的音樂森林之中。

不是城堡，不是王國，而是清新自然的森林，那裡有著一間熱情待客的小木屋。

葉雨渲的性格，自然地透過音樂展現了出來。她敞開手臂，熱情邀請所有人一起走進這座森林裡。沒有防人之心的她，以最純粹的美好，歡迎著所有人。

在這座森林裡，可以看到高聳的神木，也可以看到熱帶獨有的矮樹叢。花花草草還有各種蘑菇，在樹下恣意生長。清澈得好似能看見溪底每一粒沙子的小溪，流水潺潺。偶爾，還會有幾條魚躍出水面。狐狸在樹叢與草堆中奔跑，松鼠抓著堅果，在樹木枝幹間跳躍。小白兔傻傻地站在小木屋旁，舉起頭窺探著。

一座自然的森林，雖然萬物和諧，但也不會一直保持平靜。

野豬在森林裡出沒，當牠們飛快地猛衝時，常常能撞倒行徑路線上的所有東西。強勢的存在感，驚醒了安逸的林鳥，牠們驟然飛起，發出陣陣鳥鳴。

就像突如其來的強勢音符。

這座森林是如此美麗動人。

終於，我從處處都是大自然生命的森林裡，回到了大學的教室。

我愣住了。

葉雨渲的歌能讓我愣住，這件事本身也讓我非常意外。

這該怎麼評價呢？我有點頭痛。

接觸音樂製作的時間很久了，所以單看歌詞、作曲和編唱，我心裡就能大致產生出實際演奏時的畫面與聲音。

這首歌好不好聽？

過了一小段時間，我居然還是沒辦法判斷。

為什麼？這不可能啊。

一邊質問自己，我一邊無語地闔上筆記本，遞還給葉雨渲。

「如何？」她迫不及待地追問。

可以，這很葉雨渲。

我看著她焦急的眼神，有點為難。我不想說謊，更不想給出一個不負責任的評價。

如果是我認真聽過的歌詞創作，又是我所認識的、在音樂創作的路上努力的人，我想給出有意義的回答。

「讓我想一下。」

想了想，好壞暫時無法判斷，但我確實從歌裡聽到了一座森林的共鳴。

葉雨渲原先縮在胸口前的雙手，平放在大腿上。我注意到了，她的雙手正微微顫抖著。

「應該，算是好聽。」

「林天青同學，我想聽到你的真心話。」

「這就是我的真心話，不然我想這麼久幹嘛？」我略顯無力地聳聳肩，堅定地回應她的視線，續道：「我聽到了一座森林。」

葉雨渲瞪大雙眼，小嘴微微張開，說不出話來。幾秒後，她才露出滿足的燦爛笑容。

這時，下課的鐘聲終於響起。

我聽到了一座森林。

回到家之後，我細細回想著這句評價，卻依然難以形容得更加明確。

雖然有一陣子沒寫了，但我也是寫歌的人。坐在書桌前，我望著埋在書堆下的筆記本，視線一轉，看向角落的吉他。好久沒有彈奏的衝動了，上一次，還是在雨中聽到葉雨渲唱歌的時候。

恍惚之間，繁雜的回憶就這樣突然向我湧來，將我吞噬。

以前也有一個女孩問過我，她寫的歌好不好聽。

與稍微欠缺自信、個性柔軟的葉雨渲不同，那個性格颯爽的女孩很有自信，甚至可以說是自傲。

但從來沒有人會懷疑她的實力。

印象中，那是在一個秋天夜晚的事。

在白色襯衫外穿著線條極簡的黑色風衣，搭配直紋短裙的她，悠悠哉哉地走在河堤邊。

我們散步著，她忽然開口：「吶，林天青。」

「怎麼了？」

「你覺得，我們寫的歌如何？」

「我自己是覺得好聽，別人怎麼想，我就不確定了。」

「那你覺得我們會紅嗎？」她追問。

「嗯……難說。」我給了模稜兩可的回答。

「哦——你這樣想啊。」披著剪裁帥氣的Oversize黑色風衣的她，一邊說著，一邊動作俐落地躍上了眼前的臺階。

她站在臺階上，居高臨下，直直地看著我。

「我們會紅。」

「我也想啊。」

「不，這種時候你只要安靜聽我說就好。」她認真地再說了一次，「那首歌完成之後，我們一定會紅起來的。」

我也抬起頭凝視著她。

「相信我。」她以極有磁性的聲音宣告。

她的言語就像言靈似地，在我心中埋下了強大的希望與意念。身為製作音樂、玩著獨立樂團的人，我當然希望更多人聽到我們的作品。我們拚命唱出的歌，好想好想讓更多人聽到。

「喂，林天青。」

「嗯，怎麼了？」

「我們真的做到淋漓盡致了吧？」

我沉默地思考著，淋漓盡致……嗎？

「我們唱的歌，足以打動所有人了嗎？」

「能不能我是不知道。」我稍作停頓，「但是我們絕對做到淋漓盡致了。」

「那就好。」她往前踏了幾步，直起身子，側過頭看向我。

在夜色中，她靈動的雙眸是黑夜裡唯一的明亮。

重整思緒，回到現實。

我把注意力從筆記本上抽回，靜靜地嘆了口氣。

秋天的回憶、河堤邊的身影和錄音室響起的歌聲，這些美好的事物我都還記得，色彩依舊鮮明。

只是她不在了。

而現在的我，只要站在舞臺上，心裡就會被過往的美好回憶所占據，再也無力拿起吉他，撥動琴弦。

名為「往日」的回憶，於我而言太過沉重了。

我從來沒有想過，為好聽的歌聲伴奏這麼理所當然的事，身為吉他手的我有一天居然做不到了。

4

就像
失去燃料的火箭

秋分到來。

自從大學的第一次段考過後，日子變得更加慵懶了。

我常常回到家之後，就靠在懶骨頭沙發上，重複著悠閒追劇聽歌的生活。最近因為太無聊了，我開始嘗試著寫一些冷門歌曲的推薦。

寫完之後，也沒有發布。

只是想寫些什麼，記錄下我當時的感動。

很多東西無法言喻，我心裡十分清楚，但還是想試試看——想搞清楚我第一次看到她的歌時，心中到底湧起了什麼感受。

段考後的某一天，我跟葉雨渲一同走在回家的路上。她想去看電影，而沒什麼事的我，便跟她一起出發了。

街道上秋風陣陣，非常涼爽。

葉雨渲穿著碧綠色套頭毛衣與深色長裙，一頭暖茶色的短髮，隨著她輕盈的腳步躍動著。

「吶，林天青同學。」

「嗯？」

「下個月時代音樂祭在我們學校辦的預選賽就要開始了。」

「這麼快啊。」

「時代浮萍預選賽的規定是主唱配一個伴奏，但要使用預先錄好的伴奏也可以。我參加比賽的時候，你一定要來聽喔。」

「下個月嗎？好。」我爽快地承諾了。

「耶！」葉雨渲坦率地表現出開心的樣子。

只是聽她唱歌的話，應該無所謂吧。

我忽然反思，剛才之所以回答得那麼快，是因為我自己也想聽葉雨渲唱歌吧？

很想再聽到那美好的聲音。

透明。清亮。富有空氣感的聲音，能輕易穿透所有雜音，在耳中敲出動聽的旋律。她的高音飄逸纖細，卻又拿捏自如。乾淨而澄澈，近乎不真實的聲音，清純得彷彿透著些許光亮。

我又想起在驟雨間聽到的歌唱，那段記憶至今仍無比鮮明。

葉雨渲輕聲哼著歌。我們並肩在街道上慢慢走著，誰也沒有加快步伐。離電影預定播出的時間還久，我們一點都不著急。

走了幾分鐘後，我才突然意識到，她是在哼著自己寫的歌。是她花費了一整個夏季，投入了全部心力所譜寫出的歌曲。

「妳有幫它取名字了嗎？」

葉雨渲一愣，哼唱聲戛然而止。一開始她沒有聽懂我在問什麼，幾秒後才意外地眨眨眼：「你居然聽出來了！」

「當然。」如果可以，我真想對她慢半拍的反應翻白眼。

我有點好奇，要是對著葉雨渲翻白眼，她會有什麼反應？

葉雨渲雙眼閃亮亮地看著我：「林天青同學，看來你對音樂真的很熟悉耶。你只看過我寫的曲子跟詞，過了那麼久，你還是可以聽出來。」

「這樣妳就知道我當初看得有多認真了。」我聳聳肩。

「哈哈哈。好吧，是我小看林天青同學了。歌的名字我還沒想好，我也還在修這首歌。」

「喔喔……」本來僅僅是作為一個話題而開啟，我靈光一閃，不太相信地問道：「葉雨渲，妳想用原創歌曲參加預選賽嗎？」

葉雨渲沒有直接回答，這對於她而言是很難得的一件事。

她的眼神飄向遠處，不好意思地伸手整理落在左半邊的碎髮。當她做出這個動作時，可以完美地遮掩她的表情。

我也不說話，只是靜靜地看著她。

這很有趣。

葉雨渲注意到我的反應後，細緻的臉蛋上，浮起了朵朵可愛的櫻紅。她的雙瞳有些慌張，想躲開卻又害羞地不敢做得太明顯。

我們在一間小店門前，頗有默契地停下腳步。

葉雨渲像是下定決心似地，用手拍拍自己的臉頰。她再不猶豫，柔聲說道：「對，我想用這首歌參加預選賽。」

「用原創歌曲？」

「對。」

「厲害，我開始佩服妳了。」

「哈哈……」她小聲苦笑，身體靠向柱子，垂下的手，抓住另外一隻手的手臂，「老實說，表現不一定會很好。」

「但求不後悔。」

「什麼？」

「青春無悔——沒有任何事，比這個更重要了。」我很欽佩葉雨渲的決定，發自內心地說道。

她眼神迷離地站在原地，一時沒有回話。

我看得出來也聽得出來，葉雨渲對於自己創作的音樂，對於自己的歌聲都沒有強大的自信。這也不意外，畢竟她從來沒有登臺演出過。

沒有經過掌聲的洗禮與肯定，沒有自信是正常的。

「我寫的歌，到底好不好聽呢？」

我默默地看著她。

「林天青同學，或許在你看來，我是一個很天真樂觀、單純的女生吧。好像沒有煩惱，每一天都可以很開心。跟大家聊天，跟同學們混在一起，有說有笑……對，這些對我來說一點都不難，而且我也很喜歡。」

「每個人或多或少都有一點煩惱。」

「嗯，沒錯，我也有。」葉雨渲勉強自己笑著，再次把目光放到我身上。

「妳可以的。」

「為什麼？」

「因為能在寫歌時，想都不想、一點痛苦掙扎都沒有的人，是絕對不可能寫出震撼人心的歌曲。妳的歌，我相信一定能讓很多人感動。」這已經超越了好聽與否的範疇。

「我就是想創作出這樣的歌曲。」葉雨渲思忖之後，輕聲回道。

我其實並不太擔心她，她是那種發現自己誤闖危險地帶後，一開始會緊張錯愕，但卻能謹慎判斷局勢的人。總是以樂觀而開朗的心態，迎接每一個挑戰。絕對不會放棄。真誠地面對自己的內心，因而永懷希望。

這樣的她，需要的是什麼呢？

我想，是一個可以在她面對挑戰時，陪伴在她身邊的人吧。

「林天青，你還沒聽過我唱歌對吧。」

「唔……」這個問題有點不好回答，我決定裝作沒聽到。

要解釋的話，太麻煩了。

沒想到，葉雨渲從依靠的柱子邊離開，一步踏進了離我極近的距離。清幽氣息逼近，我幾乎能看見她清澄眼瞳裡倒映著我的身影。

「你想不想聽我唱歌？」

「想。」

「看完電影之後，去我家一趟吧？我想唱給你聽。」

「好……」語畢，我們再次邁開腳步。

走在臺北街頭，迎著秋風，我微微蹙眉，心想剛剛到底發生了什麼？

我想，我一定是被她的聲音蠱惑了。

走出電影院後，葉雨渲站在我身邊，拿出手機確認時間。

「耶，林天青同學。」

「嗯？」

「我跟姐姐說了，要去我家了嗎？」

「喔，好啊。妳還有姐姐啊？」

葉雨渲大方點點頭：「我跟姐姐一起住在學校附近喔。我們的老家在南部，為了來臺北讀書，就一起在臺北租了房子。」

「喔喔。」

「走吧，現在的時間……嗯，在我房間裡唱歌，小聲一點應該沒問題。」

「好，走吧。」

我跟葉雨渲叫了一臺計程車，前往她的住處。

她家應該離我家不遠，可能就在附近。因為那次離開獨立唱片行之後，就是在回家的路上聽見了她在驟雨之下唱歌。

計程車行駛的方向證實了我猜測。

離我家大約幾條街的距離，很典型的社區型住宅大樓，是附近一帶比較老舊的社區。我們一起在社區下了車，葉雨渲很有禮貌地跟司機說了聲「謝謝」。

「跟我來吧。」

「好喔。」

她走在前頭，帶我走進了她家。

推開玄關的大門，我看見一個女孩坐在客廳看 Netflix。她穿著一件寬大的白色上衣，修長的雙腿在沙發上盤坐。

她瞥了我們一眼，繼續吃著手中的洋芋片，隨性地說道：「喔？回來啦。」

「嗯，姐姐，他就是林天青同學，我想讓他聽聽看我在預選賽裡要唱的歌。」

「妳好，我叫林天青。」

「林天青？你怎麼好像有點眼熟。」葉雨渲的姐姐往前探了探身體，端詳了我幾眼。

我突然好想躲到葉雨渲身後，早知道來的時候應該戴個口罩。

她看了我幾秒，眼裡閃過一絲複雜的情緒。最後，她擺擺手說道：「好像認錯人了，你們快進去吧，我要繼續追劇了。」

呼，好險。

我跟著腳步輕快、穿著粉紅色室內拖的葉雨渲，走進了她的房間。

她的房間裡有不少樂器。除了床之外，大部分的空間都擺放著與音樂相關的東西。房間的整體色調偏淺而溫暖，跟她的喜好十分相似。

她把包包掛在椅子上，伸手整理桌上的雜物，說道：「林天青同學，隨便坐，我一般都坐在地毯上的。」

「好。」我順著她的指示，在鋪著米色亞麻地毯的房間中央坐下。地毯上有一個矮桌，上面放著幾本筆記本跟無印量品的文具盒。

「有點亂，等我整理一下！」

「不急，還早。」趁著葉雨渲還在忙，我開始觀察起葉雨渲的房間。角落的地方，擺放著吉他跟一個修長的小提琴盒，書桌旁邊則是一架鋼琴，反射著光輝的銀色長笛放在櫃子裡，還有一把小巧的烏克麗麗被隨性地丟在床上。

我不禁笑了。

看來葉雨渲在需要自己伴奏時，最常使用的還是最簡單的樂器啊。如她所言，她真的對吉他不太熟練。

葉雨渲似乎收拾好了東西，走到角落把吉他抱了過來。個子嬌小的她，抱著吉他走動的畫面很可愛。

她先是坐在矮桌旁，雙手伸向筆記本時，才恍然想起：「啊，林天青同學，你要喝點什麼嗎？」

「好啊。」

「那我去拿昨天早上泡的冷泡茶過來，等我一下喔！」葉雨渲從地毯上一跳而起。下一秒，她已經出現在門邊。

我只看到她流蘇般俐落的短髮甩動，在門邊留下栗色的殘影。

視線回到眼前。

葉雨渲放在房間裡的是一把木吉他。此時它靜靜地被擱置在地毯上，暮色的吉他表面，有一些使用過的痕跡。看著她房間的擺設，葉雨渲一定很常坐在這裡彈著吉他，唱著歌。

想像中的畫面輕易在腦海中構築。

雖然我沒有詢問過，但自從第一次在雨中聽到她唱歌，我就隱約意識到，她可能從小就受到正規的音樂訓練，一路走到現在，技巧成熟，懂得樂理，富有才能。

難以想像，她投入了多少時間在這些事物上。

光是彈鋼琴，從小訓練的話每天三小時，一彈就是十年。極長的時間，龐大的訓練，有多少音符曾經在她手裡流轉響動？

我沉默著。

因為我想起了另外一個橫空出世的音樂天才。

房間裡悄無聲息，只有時鐘滴答滴答的聲響，還有門外偶爾傳來的美劇裡的角色對白。

葉雨渲放在地毯上的吉他吸引著我。

木吉他相對於電吉他，更適合抒情弛放的音樂，也適合葉雨渲。

碰一下應該沒關係吧？

我伸手探向吉他，卻又在半空中收回。我的手顫抖著，一時的緊張感，讓我深深地吸了一口氣。呼，吐納。曾幾何時，我居然連觸碰吉他都需要在心裡鼓起莫大的勇氣了？

到底是為什麼，我會變成今天這個樣子呢？那些感性為什麼都不見了？

有太多太多的問題盤據在心中，我卻一個也回答不了。

木吉他溫潤的光澤占據了我的視線，心裡下定決心，我拿起了那把木吉他。這也是高三的暑假開始直到現在，我久違地觸碰吉他。

吶，葉雨渲。我也曾經跟妳一樣，雖然沒有那麼長的練習時間，但我也曾經揮霍一大段的青春時光，拋去許多事物，專注投入在吉他之中。

常常一個人坐在房間裡，看著窗外，彈了一整個晚上的吉他。

手上的繭也曾厚過，也曾喜歡演奏音樂過。

太久沒有觸碰吉他了，我的心跳得很快，手還微微顫抖。我勉強擺好姿勢，正想著要彈點什麼，雙手卻在我思考出答案前，自己做出了反應。

音符流洩而出。

手指撥動著琴弦，有點卡，有點不順，但也無妨。

我就這樣心裡什麼也不想，輕輕鬆鬆地彈奏著。身體輕輕跟著節奏搖擺，我閉上雙眼，讓音樂就像是春風一般包覆著我。

很舒適，很愜意，讓沉寂了許久的我想這樣一直彈奏著吉他。

對手上彈奏的歌曲非常熟悉的我，在許多段落都能彈奏出自己的風格，讓情感毫無阻礙地釋放。

直到現在我才終於想起，彈吉他原來是這麼開心的事。

這時，門被推開了。

我的右手立刻離開吉他的琴弦。

我坐的位置正對房間門口，與推開門進來的葉雨渲四目相對。她原本就很大的眼睛，張得更大了。

她手裡拿著兩杯飲料，一愣一愣地望著我。

那個瞬間，她沒有出聲，彷彿在醞釀著什麼。下一秒，她飛快地坐到地毯上，把飲料放到桌上。

「林天青同學，原來你會彈吉他啊！」

我一時無言。

稍做思考，現在說自己不會彈，即使個性單純、不會懷疑別人的葉雨渲，也不會相信了吧。

我勉強地裝出獻醜的樣子，說道：「會一點點，我學過一陣子。」

「喔——可是，你剛剛彈得超好的耶，感覺就像是……專業的吉他手！哇，原來你一直深藏不漏嗎？」

「有很好嗎？」

「嗯，至少打動了我。」葉雨渲以鴨子坐的姿勢坐在地毯上，雙手往放在雙腿之間。

她探前身子，朝我湊了過來。穿著套頭毛衣的她，上半身的身體線條變得更加纖瘦。一雙清澈的眼眸，倒映著我和我手上的吉他。

她先是露出有些邪惡的笑容，舉起手喊道：「計畫變更！」

「妳要幹嘛？」

「幫我伴奏吧，我來唱。」

我再次無言以對。

「我來唱我寫的歌，吶，歌譜給你。」葉雨渲塞給我一本筆記本，「如果是你的話，應該看一下就可以伴奏了。」

「這個前提有點奇怪啊，我沒有說要幫妳伴奏啊……」我連忙推託。

葉雨渲愣愣地歪著頭，左半邊的碎髮順著她的動作傾斜。她伸出食指，玩弄著自己的瀏海：「你不想聽我唱歌嗎？」

我略微尷尬地移開視線。

「我唱的歌很好聽喔。聽過的人，沒有一個人說不好聽的喔。」葉雨渲頗有自信地笑道。

一時間，我竟無話可說。

葉雨渲滿懷期待地等著我。我的視線在手上的木吉他與她細緻的臉蛋來回轉了好幾次。

好猶豫。

說到底，我是因為她是葉雨渲而不想拒絕，還是因為渴望著她的歌聲？對我而言，這兩者有著截然不同的意義。

想了一會兒，我重新拿起吉他。剛才彈著吉他，心中湧起的懷念與感觸，或許也影響了我。

「好吧，就一首。」

「哼哼。」

「嘖，妳這個哼是什麼意思？」

「林天青同學，只要你聽到我唱歌，就會一首一首為我伴奏下去了。因為，你也是很喜歡音樂的人吧？」

「少在那邊。」我不耐煩地打斷她。

「好的！」葉雨渲燦爛地笑了出來。那發自內心的歡樂，心有餘裕的模樣，在我心裡留下了很深的印象。

我開始讀起樂譜。這是我第二次看到這首歌的樂譜了，還有些許記憶，我再讀了幾次，一邊撥弄著吉他弦，沒多久就抓到了感覺。

「開始吧。」

「嗯。」

隨著我們的雙眼對視，我在她無聲的暗示下，彈奏起吉他前奏。葉雨渲那聽起來非常柔軟清澈的聲音，在幾個節拍後，緩緩加入。

整個房間，忽然變成了森林的風景，染上了春天的繽紛色彩。

她用手指輕輕點著地毯。清透而明亮，富有自然空氣感的舒適聲線，在房間裡迴盪。

春風十里。整間房間彷彿沐浴在春日之中。

她的歌聲裡沒有酒精的成分，卻依然以獨一無二的聲線讓我深深陶醉。

我曾對她說過，我看到了一座森林。如今，卻是親自來到了這座森林。

葉雨渲的聲音太適合這首歌了。

當一個天真單純、讓人不敢辜負她的女孩，在森林裡敞開雙手，熱情而真誠地邀請你一同暢遊在音樂的世界中時，根本沒有人能夠拒絕，何況是我。

我手上的吉他聲也深受影響，越來越配合著襯托出她的歌唱。樂譜只是參考，真正演奏時，一個經驗豐富的伴奏者，能做到的比紙張上的音符還要更多。

她有點驚訝地望著我，清脆的歌聲持續流轉。

啊，我好像一瞬間太過投入又忘記掩飾了。但也無妨，就這樣吧。

今後我不會再幫她伴奏了。

只有今天，只有這次，所以這樣就好。

那天，我們唱了葉雨渲自己寫的歌，還有幾首她喜歡的曲目。直到晚上十點左右，我們兩個人都累了。一直投入感情、認真地演奏，是很快樂也累人的事。

差不多了。我的右手離開吉他，往身後的床沿一靠。

呼——身體很疲憊，雙手更是痠痛，但都比不心裡的暢快。

葉雨渲發出滿足的聲音，往後一倒，仰躺在地毯上。

「好累啊……」

「滿意了嗎？」我明知故問地問道。

「滿意，我從來沒有唱得這麼開心過。原來有個很厲害的伴奏，唱起來跟我自己獨唱差這麼多。」

「很晚了，我該走啦。」

「嗯嗯，我送你。」

我們走到客廳，電視依然在播放著美劇。

然而，葉雨渲的姐姐已進入半夢半醒的狀態。或許是我們走進客廳的細碎聲響吵到了她，讓她緩緩醒了過來。

她把抱枕放在大腿上，揉了揉眼睛，露出了果然如此般、微帶幸災樂禍的笑容：「你彈的吉他果然很好聽呢。」

「……謝謝。」

「難怪你很眼熟，畢竟……」她打了個哈欠，視線的餘光移到葉雨渲身上，「我妹妹唱歌也越來越好聽了。」

說完，她倒頭就睡。

那些若有似無的弦外之音，不知道有沒有再次引起葉雨渲的懷疑。我不露痕跡地望向葉雨渲，只見她微微傾斜腦袋，納悶地盯著睡著的姐姐。

「走吧。」

「……喔，好！」

葉雨渲一路送我到樓下，在深夜的社區外，她將雙手縮在胸前。

「吶，林天青同學。」

「嗯？」我下意識地回應，下一秒，才發現根本不該這麼回答。葉雨渲這時候要問的問題，不就只有一個了嗎？

我的手還在顫抖，心也還在為剛才的彈奏雀躍。但這是最後一次了啊。不管之前那幾個小時的合奏有多麼契合舒暢，這都不是一個該長時間延續下去的關係。

葉雨渲的雙瞳骨碌碌地轉動，她小聲地問道：「我之後要參加的時代音樂祭浮萍預選賽，應該跟你說過，可以帶一個伴奏上臺……」

我沒有回話。

我把雙手插進口袋，望向街道的遠方。我希望透過一些動作暗示她不要真的問出來，但葉雨渲根本不是一個會放棄的人。

不要說，我不想拒絕妳。

她抿了抿點著唇膏的嘴唇，下定決心地問道：「林天青，你可以當我的伴奏嗎？」

我的視線並沒有收回來，依然凝視著被路燈模糊的遠方街道。

「只要你跟我上臺，我有信心可以成為預選賽裡最受注目的參賽者，這樣我們就有機會受到邀請參加時代音樂祭了。」

我終於收回視線，重新看著她的眼睛。

「來吧，林天青。」

我暗自嘆了口氣，為了避免被她說服，必須立刻做出決斷：「我不想。」

「為什麼？」葉雨渲迷惑地問。

忽然感到一陣鼻酸，我差一點壓抑不住情緒。剛才彈奏吉他喚醒了我心中的回憶，直到現在仍難以平復，我只好勉強露出笑容，用略帶沙啞的聲音說道：「因為我不敢啊。」

是的，曾幾何時，我已經不敢在公開場合拿起吉他了。

某一天假日。

為了釐清心中的一些問題，我隻身一人來到了前輩住的地方。

他家位於郊區，是一棟三層樓的平房。在到達這裡之前，我跟前輩通過電話，約好了時間。

時值秋天，難得休假的前輩穿著白色的短袖棉衣和灰色棉褲，配上他微捲的棕色髮尾，一副居家休閒的裝扮。

「來了啊，進來進來。」

「嗯。」跟在他身後走向客廳，我注意到他的手臂與背部留著些許汗水，「前輩，你是在打鼓嗎？」

「哈哈，被你猜到了，我正在練習。」

「好久沒看到你打鼓了。」

「你也很久沒有認真彈吉他了吧。」前輩回頭望了我一眼，那不期待能聽到回答的眼神，讓我印象深刻。

理所當然，我沒有回應。

我們穿越客廳，走進了前輩正在練習的地方。他家是平房，離隔壁鄰居有段距離，但他還是在練習室裝上了隔音棉。

前輩像往日一樣，坐在了爵士鼓的後方。

我注意到角落有一把吉他，但我選擇找一張椅子坐下。眼神看向前輩的鼓，再看向地面。

「前幾天，我碰吉他了。」

「真的？」

「嗯，為了幫一個同班的女生伴奏。她平常有在寫歌，也會寫詞，我幫她自己的原創曲伴奏了。」

「哇，你居然幫別人伴奏。」前輩手上的鼓棒輕輕在鼓上滑動，「這樣很好啊，你本來就不應該放棄音樂。」

「只是在她家玩玩而已。」

「哈哈，說得輕巧。光是你能再拿起吉他，我就很意外了。在那件事發生以後，我以為你會就這樣放棄了。」

放棄音樂嗎？

我想了想，搖了搖頭：「我不知道。」

「你也只會說這句話了吧，林天青小朋友。」前輩露出無奈的神色。在鼓的後方就定位後，他指了指房間裡的吉他。

「嗯？」我不解地杵在原地。

「你不是終於能拿起吉他了嗎？也算是進步吧。既然來了，跟我一起玩玩音樂？我放我現在樂團主唱的 Demo。」

「有譜嗎？」

「在吉他旁邊的櫃子裡。」前輩雀躍的聲音聽起來很期待。

嗯，是很久沒有跟他一起彈奏音樂了。

心裡隱約不安，但我沒有多想，暫且拿起了放在一旁的吉他。吉他的重量，在手上感覺沉甸甸的，這是以前我不曾有過的感受。

在我們以前的樂團停止活動後，堅持追尋音樂夢想的前輩去了其他朋友的樂團。優秀的鼓手哪裡都缺，團員互相協助，互相走動，在地下音樂圈裡也很常見。何況前輩很適合擔任樂團裡穩定軍心的角色。

我把椅子拉到前輩的爵士鼓附近，同時架起譜架。前輩看我一陣手忙腳亂，放下鼓棒跑來幫我。

「先等我一下。」

「好。」

準備好以後，我先隨便彈了一小段，暖暖身，也試著抓樂譜的感覺。直到覺得差不多了，我停下了手上的動作。

前輩爽朗的聲音從背後傳來：「林天青，準備好了嗎？」

「來吧。」

「好久沒看到你彈吉他的背影了。」前輩以近似追憶的口吻笑道。那笑聲，充斥著對過去記憶的莫可奈何。

或許我們都一樣懷念，那些寶貴的往日。

想到這裡，我將嘴角努力揚起。

我只是想讓自己看起來不要那麼悲傷。

鼓棒落下，爵士鼓特有的撞擊聲清楚地傳到我的耳內。

很好，聽得見。

那瞬間，站在舞臺上盡情演繹我們心中最美的音樂，無數次拚盡全力去打動人心的光景，流轉而至。

她慵懶浪漫、放縱了頹廢的獨特聲線，彷彿穿透時空。

在舞臺上，她一直都站在我的右前方。而作為鼓手的前輩，則是我們最堅實的後盾，不論是樂團的站位，還是作為節奏點的鼓聲。

我聽著Demo裡主唱的歌聲，還有前輩敲擊的鼓聲，手裡自然而然地彈奏著吉他。

雖然有點卡頓，有時候跟不太上節拍，但還是勉強能完成彈奏。

只是，好無力啊。

原來我心中的無力感未曾消散。

在彈了幾首歌後，前輩依然竭力地敲打著爵士鼓。這幾個月，我們的樂團雖然停止活動，他的實力卻一點也沒有退化。

不像我。

吶，好無聊啊。

這樣的演奏，這樣普通平凡的主唱，跟以前相比差距太大了。在我拿起吉他認真伴奏後，美好的昨日一幕幕地占據了我的思緒。

好想好想聽到她的歌聲。

一想到這裡，我幾乎瞬間失去了撥動琴弦的力氣，就像是失去了燃料的火箭一般，在上升的過程中失去了前進的動力，只能無助地漂流在宇宙之中。

最後，我發現自己再也聽不清 Demo 裡主唱平淡、絲毫不吸引我的聲音時，終於放棄了彈奏。

靠著椅背，雙手離開吉他，無力垂下。任憑撥片掉落到地上，發出一聲不甚和諧的聲響，然後再被震耳欲聾的鼓聲吞沒。

我沉默著，一句話沒說，也不知道能說些什麼。

我把吉他平放到地上，深深地閉起眼睛，像是再也無力面對一般，仰頭望向天花板。

曾幾何時，我也去失去了用吉他伴奏的能力。

一聲短嘆，把我從情緒的漩渦中帶了回來。

前輩站在我身邊，單手扠著腰。他先是看了看吉他，再無語地凝視著我，露出納悶的表情：「林天青，你不是說幫一個女孩子伴奏了嗎？」

「那只是玩玩而已。」

「但你可以正常地彈下去吧？」

「嗯，可以。」

我回想了一下。那天，在葉雨渲家裡，確實沒有問題。

她乾淨而清澄的歌聲，清透而富有透明感的飄逸音色，很吸引我。

難道，只要是幫葉雨渲伴奏的話，我就可以正常彈奏吉他嗎？

我內心不禁湧起懷疑。

失去了拿起吉他的力量，更失去了彈奏吉他的理由。這段日子裡，只要我想開始認真地演繹音樂，就會忍不住想起璀璨的昨日。

那一幕幕色彩鮮明的昨日，幾乎把我壓垮，無法喘息。我一直都知道，這是高三升大學的暑假以來，我無力面對吉他的原因。

前輩把手放到我的肩膀上，稍稍施力地按著：「林天青，其實我覺得你應該跟她繼續合作彈奏音樂。她不是有在寫歌嗎？她也想成為音樂人吧？」

「為什麼？」

「以你的技術來說，只要你能像以前那樣正常伴奏，誰都會想要跟你一起玩音樂吧。」一向可靠的前輩，認真地提出建議。

我一時無話可說。

「時間一久，你搞不好也就恢復正常了。」

「其實，她最後有問我能不能為她伴奏，她想參加時代音樂祭的校園預選賽。」想用原創歌曲參加比賽的葉雨渲，依舊讓我十分佩服。

「時代音樂祭？」

「嗯。」

前輩抓抓頭髮，像是在思索著什麼。

「我確認一下，是那天在低音符酒吧裡，跟你坐在一桌的那個女孩嗎？看起來個子嬌小，滿可愛的那個？」

「對，那天是她拉我去的。」我回到正題，「葉雨渲問我可不可以幫她伴奏，但我拒絕了。」

「幹嘛拒絕？」前輩微慍地問道。

「我……」

「為什麼拒絕？」

「老實說，我不確定自己能不能彈好，更不確定能不能正常地彈著吉他幫她伴奏。就算那天可以，但那也只是玩玩而已。」

「就因為你心裡還放不下她？」

放不下她？

我既納悶也十分意外，前輩今天居然說得這麼直接。

是發生了什麼嗎？

見我沒有回應，前輩露出受不了的表情，繼續說道：「真是夠了，你都頹廢多久了？還打算一個人整天 murmur 多久？」

「要是我真的跟她站上了時代音樂祭預選賽的舞臺，想起了往日我們站在臺上的閃耀回憶，那我一定就彈不下去了……如果發生這樣的事，葉雨渲也很無辜、很可憐，不是嗎？」

「一堆藉口，你只是不敢而已。」前輩毫不客氣地戳破我。

「你又懂什麼？」怒火從心裡冒了出來。

我從椅子上站了起來，跟前輩對視而立。比我還高的他，雙手抱胸，一臉嚴肅地看著我。

「我懂的可多了，中二少年。這樣下去你根本不會繼續往前走了。」

「人就一定要往前走嗎？」如果昨日那麼令人懷念，我就不能停留在昨日嗎？

「如果你想往回走，那你可以試試。」前輩冷笑一聲，像是再也懶得管我似地，走到後方拿出一封信件，放到我眼前，「林天青，這是時代音樂祭主辦方寄來的邀請函，我就問你，參不參加？」

我拿起燙印著金色音符的精緻信封，上面的署名是「時代音樂祭」。

這封信像是一顆沉重而巨大的石頭，緩緩地沉入我的心中，不斷不斷地，往最深處沉沒。

我知道這封信代表的意義，前輩也知道。

「她已經不在了。」我無力地說。

「我知道，但這不是一輩子的藉口，你只是不敢面對屬於你的旅途而已。」前輩幾乎想也沒想，就這麼回應了。

他一定把這句話放在心裡很久了。

我的手輕輕拿著那封信。情緒過於複雜，搖搖頭後，我低聲問道：「她不在了，你要我們唱什麼？我們樂團的靈魂是她啊。」

「她不在了，但我們還在。」前輩以低沉、充滿磁性的聲音說道，「登上時代音樂祭的舞臺是她的夢想，你忘了嗎？」

我記得，我當然記得。

厚重的手掌放到我的肩上，前輩與我錯身而過。

「好好想想，還有時間。」

輕吸一口氣，我勉強點點頭。

我低頭看著手上的信封，一句話也說不出來。

5

你要怎麼樣
才能重新踏上旅途？

我帶著那封邀請函，走在回家的路上。

仔細一想，這應該是我與前輩最直接的一次對話了。

以前我們還一起團練、一起演出時，也有過激烈的討論，但我們兩人單獨的激烈對話，這應該是第一次。

時代音樂祭，臺灣三大獨立音樂祭之一，也是所有獨立音樂人最想登上的舞臺。

以前顛峰時期的我們，人氣總是在被邀請的邊緣。

我不確定時代音樂祭的主辦單位為什麼會突然邀請我們，我們曾經紅過一時，但也只有那首歌而已。

再加上我們其實停止活動一段時間了，自從她不在以後。

走著走著，我路過了家裡附近的那間獨立唱片行。我想也沒想就走了進去，沒想到卻在這裡撞見了葉雨渲。

有著一頭暖茶色短髮的她，在陳列架間鑽來鑽去。她似乎對很多專輯都有興趣，正一張一張地仔細觀看著。

自從那天拒絕她之後，在學校裡我們就沒有其他比較深入的對話了。

只見葉雨渲正沉浸在音樂之中，我把信封放進書包，走到了另外一側的陳列架，也開始挑選專輯。

今天的心很煩躁，沒過多久，我就發現自己根本聽不下去什麼音樂。

於是，我點了一杯咖啡，坐到了圓桌旁。

溫暖的室內，老闆正播放著古典輕音樂，營造出了悠閒清靜的氛圍。

「咦？」一股熟悉的清香靠近，隨後葉雨渲出現在我的視野中。她手上拿著牛皮紙袋，手拿一杯咖啡，走到圓桌邊。

她像是確認似地，彎了彎腰看著我。

「這不是林天青同學嗎？你也來這間店啊！」

「嗯，剛好路過。」

「這裡的咖啡很好喝，逛起來也很舒服，而且老闆精選的專輯很有品味，我很常來喔。」葉雨渲彷彿迫不及待分享自己寶物的小孩，率真的模樣單純無比。

她把紙袋放到一旁，從中掏出一張專輯，小心地放在桌面上。她的手指輕輕劃過封面，隨後拿出手機。

應該是要拍照上傳 IG 吧。

我瞥了一眼：「妳剛剛買的？」

「對呀，最近一直在練習我寫的那首歌，好累，想聽聽其他音樂。」

「伴奏呢？找到了？」

「因為某人不敢幫我伴奏的關係，我打算請人錄伴奏帶。時代音樂祭預選賽的規模很大、很正式，不知道用伴奏帶的人多不多。」

「喔……」我發出「喔」的聲音，點了點頭。

葉雨渲怎麼學會偷偷酸人了呢？

真的是學壞了。

她把剛到手的專輯拍完照，再放回牛皮紙袋裡。隨後她捧起熱咖啡，輕啜著。

我本來以為在我拒絕她以後，我們的相處會比以前尷尬。但現在看起來還好，可能因為她是葉雨渲吧。

「林天青同學，雖然你不幫我伴奏，但比賽那天還是要來喔。」

「我會去的，放心。」能欣賞到葉雨渲的歌聲，我肯定會去。

「一言為定！」葉雨渲大方地露出微笑，拿出單邊的耳機，掛在耳朵上。

她在悠閒的氣氛中，輕輕閉上眼。桌上，正放著她的筆記本。

在她左半邊垂落的碎髮後方，能依稀看見修長的睫毛。當葉雨渲閉眼聆聽音樂時，我想根本沒有人願意打擾她。

柔軟得讓人不忍碰觸。

我的視線眺望向窗外，午後煦陽穿透了窗簾，在室內打上一層薄薄的光影。葉雨渲暖茶色的髮絲，也被染上了淡淡的光彩，這讓她的側臉柔和得不可思議。

她時而睜開眼，看著眼前的筆記本。

靜謐的輕音樂緩緩流淌。

在這種時候，連說話都顯得突兀。這份心裡的暖意，我好想珍藏下來。我靜靜地眨了幾下眼睛，對葉雨渲伸出了手。

她先是困惑地望著我，那雙眼眸裡沒有半點雜質。她眨眨眼，意會過來後，坦率地露出笑容。

葉雨渲把另外一邊的耳機遞給了我。

我戴上耳機，跟她一同踏入了音樂的王國。溫暖甜美間透出青澀的女聲，與帶著感情的吉他，演奏出了對未來無限憧憬的美好。

很好聽的聲音。

葉雨渲最後選擇使用了伴奏帶，那也好，至少不會臨場出錯。

我想起了包包裡的那封信。

時代音樂祭的邀請，前輩顯然非常想參加。我知道那是我們以前樂團主唱的夢想，也是前輩跟我的夢想。

但是，現在的我真的能帶著吉他上臺嗎？

我深深地懷疑著自己。

當夕陽的暖橘色光芒映入室內後，葉雨渲猛然驚醒過來，迅速收起桌上的筆記本。

「要走了？」

「對呀，我們也待很晚了，今天本來沒有想待這麼久的。離預選賽只剩下七天，我要回家練習。」

「嗯，那走吧。」我也站起身。

與葉雨渲一同走出唱片行時，我與老闆錯身而過。

他用帶著莫名情緒的眼神，和藹地看了我一眼。

夕陽斜照，將我們的影子拖得很長。

我們兩個人的家在附近，回去的方向自然一樣。走到家裡附近的住宅區後，紅磚路出現在眼前。

那天，葉雨渲也是走到這一帶後忽然唱起歌。正當我這麼想時，一直默默走在旁邊的她，彷彿回應著我的思緒，輕聲地哼起了歌。

不是她自己創作的歌曲，是往日餘生的〈昨日之歌〉。

旁若無人地唱了幾段之後，她才停了下來，羞赧地揉著頭髮。

「我實在太喜歡這首歌了。」

「我知道。」

「要是我原創的作品再修不好，我上臺比賽就要選〈昨日之歌〉了。」葉雨渲黯淡地說道。

「我一直有個問題。」

「嗯？」葉雨渲稍稍停下腳步，轉過身看著我。她的背後是無盡的燦爛夕陽。

「妳為什麼想參加比賽？唔，應該說，妳為什麼寫歌？是為了組樂團嗎？」

「當然啊，我想要有自己的樂團。」葉雨渲理所當然地說道，「這樣才能實現我的夢想。」

她笑起來的時候，眼睛幾乎瞇成一條線，夕陽與她暖茶色的短髮相互掩映，幾乎無法分辨。細碎的光影在她身後飛舞，秋風輕拂著我們，而我的眼神，始終離不開她。

我已經好久沒有聽到，有人大聲宣告夢想了。

也已經好久沒有看到，如此堅定不移、把夢想視為必須完成的事的人了。

這是葉雨渲第一次以歌聲以外的東西，吸引了我。

我單手拎著包包，站在原地說道：「那妳的夢想是什麼？」

「讓我寫的歌被更多人聽到。」葉雨渲一定在心裡想了很久，因此她說得很快、很仔細，「首先是組團，至少要有吉他手跟鼓手。然後慢慢創作作品，上傳網路，去LiveHouse駐唱，累積人氣。最後，從小的音樂節開始，一路登上最大的舞臺。」

「最大的舞臺？」

「時代音樂祭。」她又一次露出害羞的樣子。

不知所措的視線，在我的身上與遠方來回。她知道我會跑音樂祭，也清楚我知道「時代音樂祭」所代表的含意。歷史最悠久、規模最大的音樂祭，對獨立音樂來說，是年度的盛典。

「這個夢想……」跟我以前的樂團主唱一模一樣。

我呢喃著，細碎的聲音被秋風吞沒。夕陽在綻放出最後的光芒後，漸漸西沉至遙遠的山脈之下。

天色暗了。

拎著包包的手，不意間抓得更緊了。我的內心湧起了複雜的情緒，凝重的思緒讓我只能駐足原地。

「走啦。」

又是葉雨渲，像一隻小巧可愛的松鼠般跳到我眼前。她想也沒想，伸出手抓住我的手臂。

這個單純的動作，讓我忍不住笑了，於是順著她的牽引往前方走去。

離時代音樂祭的校園預選賽剩下不到七天了。

葉雨渲真的沒有再來拜託我擔任伴奏，這點我很欣賞。

也可能是她善良的個性，不容許自己在看到別人露出掙扎的模樣後，還繼續拜託別人。

時代音樂祭預選賽的話題在班上越來越火熱。大家知道葉雨渲有報名後，紛紛說要去現場支持她。

浮萍藝術大學的學生大多數對音樂、美術、影劇創作都很感興趣。時代音樂祭是頗負盛名的音樂慶典，舉辦預選賽更是擁有多年歷史，一直以來都很熱絡。

我可以理解葉雨渲想參加預選賽的理由。

這是一種讓自己被別人看到的方式。

稍稍深入瞭解預選賽的內容後，比賽規定必須要獨唱配一個伴奏，真的有需要也可以使用伴奏帶，但效果肯定不如現場伴奏。

目前奪冠呼聲最高的，是一位大三的學姐。她的搭當，是吉他社的社長。還有另外一對在 Youtube 上滿有名氣的雙人組合。他們的歌我聽過，留著鮑伯頭的嬌小女主唱，治癒人心的歌聲十分耐聽。

這幾天，葉雨渲明顯變得比較緊張焦慮了。

我在下課之後會安撫她，真的沒有什麼好緊張的，緊張的話只會表現得更不好。

依照她的實力，能超常發揮的話，才有機會。

但這句話我沒有說出口。

葉雨渲最近發現了一間學校的空教室，在遙遠的教學大樓的最高樓層。那裡幾乎都是選修課的教室，下午第四節課之後，就不會有人了。

她常常拉著我，去那裡聽她唱歌。

伴著夕陽西落的暮色，說說聽到的感受，建議她哪裡需要修改，提出一點小小的經驗談。

我沒有帶吉他。就算葉雨渲帶了，我也不會幫她伴奏。

不過，她還是每一天都帶著吉他來。有時候，她會簡單地為自己伴奏。聽得出來，她的技巧還很青澀。

這幾天下來，我天天看著她背著吉他到處跑。

葉雨渲的唱功很穩。不得不說，從小受過正規音樂教育的她很熟悉樂譜，聆聽伴奏帶的聲音也沒有問題。她可以一邊盡情高歌，一邊精準地配合伴奏的節奏。

但我想，能參加時代音樂祭校園預選賽的歌手，都是實力非常強的人吧。所以比起技巧，音色本身才是決勝點。

在預選賽開始的前幾日，傍晚時分，夕陽的餘暉染紅了空蕩蕩的教室。散亂的課桌椅、沉積灰塵的櫃子和乾淨的黑板，都被映照上一層柔和的光彩。還有那把被隨意放置在桌上的木吉他。

葉雨渲在口袋和書包翻找幾分鐘後，微微蹙眉。

「林天青同學，我去剛剛最後一節上課的教室看一下，好像有東西掉在那裡了。」

「喔喔，好。」

「我等等就回來，等我一下。」葉雨渲急急忙忙地從空曠的教室離開。她在走廊上奔跑的聲音，連我都得一清二楚。

不知道是掉了什麼？

沒有什麼事要做，我悠閒地坐在教室角落，滑著手機，等她回來。

窗戶被我們打開了，清涼的秋風從窗外透了進來，十分舒適。

過了幾分鐘，百般無聊的我站了起來，在教室裡走動著。剛巧，路過了葉雨渲放在桌上的吉他。

吉他溫潤的光澤吸引著我。一如那天晚上，在她的家裡。

她應該還要一段時間吧。

我這麼想著，微微勾起嘴角，僅僅猶豫了一剎那，就拿起了她的吉他。

以熟悉的姿勢坐到靠窗的位子，調整椅子，背靠著牆面。此時，夕陽光芒盡數在我身後。

我也沒有多想，隨意地彈奏著葉雨渲剛剛唱過的歌。這幾天，這首歌我已經聽過無數次了。從她最開始寫的時候，聽到她終於完成創作。

現在那首歌——葉雨渲的原創歌曲，從一開始聽到的樸實卻歡樂的森林，變成了一座色彩繽紛、具有夢幻氣息的森林。

真的很美。

曲子告了一個段落，但我手上的彈奏沒有停下。在空無一人的教室裡，我順從著自己的內心，隨心所欲地彈奏起〈昨日之歌〉。

那是我很熟悉的一首歌。

指尖撥動著吉他的琴弦，心中不禁想起了前輩說過的話。

——林天青，其實我覺得你應該跟她繼續合作彈奏音樂。她不是有在寫歌嗎？她也想成為音樂人吧？

——時間一久，你搞不好也就恢復正常了。

有這麼簡單嗎，前輩？

現在的我，確實沒辦法為別人伴奏。美好的往日，成為了限制我的枷鎖。身為獨立樂團的吉他手，這樣的我似乎早已失去了站上舞臺的勇氣。

但為了能找回彈奏吉他的能力，我就要跟葉雨渲合作嗎？

把葉雨渲，當成她的替代品？

不能。

我截斷思緒，精神從紛亂的思考中回歸現實。

就在這時，我才注意到，幾乎被夕陽餘暉淹沒的教室裡，一個女孩就這樣站在門口。一頭暖茶色的短髮，絲毫不遜於夕陽的溫暖燦爛。她垂落在左半邊臉蛋的碎髮，因為剛跑完步而顯得散亂，小巧的臉蛋上透著些許櫻紅色。

她一直在那裡嗎？

那麼，肯定聽到我在彈奏吉他了吧？

也聽到了我彈奏著〈昨日之歌〉。

手上的動作停了下來，我依然抱著吉他，卻不再彈奏。

微妙的沉默在空氣中蔓延。

直到葉雨渲深深地吸了口氣，踏進了教室之中，一路朝我走了過來。她邊走邊說著：「我之前就一直在懷疑了。」

「嗯？」

「不要裝傻了，林天青同學。我開學的時候就覺得你很眼熟，好像在哪裡看過你。但你一直否認你會彈吉他，我也就相信你了。」葉雨渲略感後悔地說著。

「在我家彈吉他那天，我發現你彈奏得非常熟練，猜想你可能學了很久。結果卻根本不只是這樣。

「姐姐那天第一次看到你，也說你很眼熟。哼，我猜她早就發現這件事了，只是居然沒有跟我說！」

糟糕。我想站起身逃跑。

但最近越來越瞭解我的葉雨渲絲毫不給我任何機會，她小跑到我面前，甚至不給我站起來的空間。與我的距離極近，把我限制在靠窗的座位上。

穿著襯衫與毛衣的她，儘管個子嬌小，但已經足夠阻擋我的去路。

她換上了那空靈而富有吸引力的聲線，輕聲地說道：「你剛剛彈了〈昨日之歌〉，那種彈奏的感覺……一般人可能聽不出來，但我怎麼可能聽不出來？」葉雨渲站在我面前，伸手抓住我的雙臂，直直地盯著我，「你是不是……」

「我……」我微微張開嘴巴，但她卻不給我辯解的時間。

「你是往日餘生樂團的吉他手，〈昨日之歌〉的作詞人——一炊煙吧！」

發現再也隱瞞不下去，我只能垂下頭，微微地嘆口氣。

「好吧。」我有些無力地承認，「是，我是往日餘生的吉他手。」

獨立樂團「往日餘生」：

主唱：余生。

吉他手：一炊煙。

鼓手：前輩。

那是曾經寫在我們頻道上的簡介。而在無數音樂祭上爆紅、成功跨圈的〈昨日之歌〉，是我跟余生一起在咖啡館，聽著無數次雨落下的滴答聲，在雨幕之間寫出來的歌曲。

我微微閉上眼睛，真想不到，我居然有必須承認這個身分的一天。

葉雨渲聽到後，咬住嘴唇，許久沒有說話。她的肩膀微微顫抖著，雙手不安地抓著毛衣下襬。

「妳怎麼了？」

「我沒想到你會隱瞞我這麼久。林天青同學，我給你看我寫的歌，問你怎麼修改，拜託你聽我唱歌，甚至到我家一起玩音樂……」葉雨渲鬆開抓住我的手，往後退了一步，「結果你居然一直在隱瞞我。」

「我不知道該怎麼說出口……」我終於站了起來。

夕陽的餘暉灑落在我的身後，讓我的表情隱沒在陰影中。而從我身邊流淌出的暖紅色微光，點點映照在葉雨渲白皙的臉頰上，暈染出一抹別樣的情緒。

她抬起頭，對著我輕聲說道：「跟我道歉。」

我有些詫異地看著她。

「我就原諒你了。」

「……對不起。」

「只有這一次喔。」葉雨渲柔聲說道。我的視線在夕日的餘光中，看到了她泛紅的眼角。

我一定傷害到她了吧。

性格單純善良，從來不會去懷疑別人的葉雨渲，跟我真誠地往來，把自己的快樂悲傷完完全全攤開，毫無保留。

但我卻不斷隱著瞞她。

她可是「往日餘生」的鐵粉啊。明明我身為往日餘生的吉他手，卻用路人A的身分，跟她一起聽著〈昨日之歌〉。

「真的對不起。」我又說了一次。

葉雨渲沒有多作回應，而是在我旁邊疲倦地坐下。她把頭往後仰，靠在窗沿上。

也對，她才剛剛從教室跑回來。

過了一會兒，她恢復元氣，重新看向我。隱藏在幾縷碎髮後方的眼睛，充滿了好奇與不安。

「吶，林天青。」

「嗯？」

「我就不問你關於余生的事了，你們沒有發布官方消息的話，我就不問了。」

「嗯。」我故作平靜地回答，但心裡如釋重負。我根本不知道該怎麼解釋余生的事，能不談最好。

「但你呢？」

「我怎樣？」

「你可以不要一直裝傻嗎？」葉雨渲瞇起眼睛盯著我，表情裡甚至浮現了些許不屑和鄙視。

最近的葉雨渲是不是學壞了。

那種鄙視，跟前段時間前輩看著我的表情很相似，是看到一個人整天找藉口逃避的恨鐵不成鋼。

葉雨渲醞釀了一會情緒，細聲問道：「林天青，你是往日餘生樂團的吉他手，那你為什麼總是一副想要遠離音樂和吉他的感覺？」

「我沒有……」有嗎？

「你不要再裝傻了，誠實面對自己有這麼難嗎？」葉雨渲輕輕推了一下椅子。

我下意識地轉過頭去。

「哼，林天青你真的讓人很火大。」葉雨渲瞪大雙眼，脫掉了穿在外面的薄外套。

她側過上半身，伸出雙手，白嫩的手掌就這樣貼上了再次坐下的我的臉頰，把我的頭固定在她眼前。她直直地注視著我，不讓我的眼神逃離。

清淡的柑橘香氣息在空氣間飄散著。

我認識的葉雨渲從來沒有這麼強硬過。看來觸及音樂的相關話題，又是發生自己朋友身上的事，確實能讓她改變行事作風。

她眼神堅定地對我說道：「我每次問你喜不喜歡彈吉他，你都裝死。」

我無法反駁。

「上一次問你能不能在時代音樂祭的預選賽上幫我伴奏，你用很悲傷的表情說你不敢，就好像是我強迫你一樣。」

「我真的沒辦法。」我老實地說。

「對，這就是我好奇的事。你是往日餘生的一炊煙，有多少人喜歡聽你彈的吉他，但為什麼你會變成現在這樣呢？」葉雨湹的雙眼裡透出納悶，她的手不意間在我的頭頂輕拍著。

我沉默了幾秒。看來，今天如果不說實話就走不了了呢。

於是，我稍微往後退，離開了葉雨湹的雙手。

想要知道真相嗎？

那我就說給妳聽吧。

我依然凝視著她，用沉穩中帶點顫抖的聲音說道：「因為，余生不在了。」

她愣住了，眼裡透出些許意外和驚訝。

「有什麼好意外的？余生的歌聲是往日餘生的靈魂，也是我拿起吉他的理由。她不在了以後，每次我想認真幫別人伴奏的時候，都會忍不住想起往日的時光。」

何其痛苦，何其難過。不是不想再拿起吉他，而是根本無力掙脫往日的束縛。一邊掙扎著向前，一邊又無法抗拒地懷念，兩種感情撕扯著我，讓我疲憊不堪。

「想起往日……」

「那些美好的回憶，會讓我無法專注於主唱的聲音。以前站在舞臺上的、那些閃耀著光輝的記憶，一次次地影響著我，讓我無力拿起吉他，為別人伴奏。」

這也是我無法上臺幫妳伴奏的理由。

眼角微微濕潤，直到這個時候，我才突然意識到自己崩潰的情緒。

聲音沒有變化，話也說得十分坦然，但承載著回憶的言語卻太過沉重，讓人根本無法逃離。

我站了起來，讓自己沐浴在殘存的夕暉之中。

葉雨渲還是呆愣愣地看著我，卻也跟著站了起來。對個性單純的她來說，一時間大概也非常混亂吧。

「可是林天青，那天在我家，你有幫我伴奏呢。」

「對，因為我喜歡妳的歌聲。」自從那天在夏日細雨中聽到妳的歌聲開始。好像，妳一直是一個例外。

「那你要怎麼樣才能再次拿起吉他，重新踏上音樂的旅途呢？」

再次拿起吉他？重新踏上音樂的旅途？

為了誰呢？我不由得在心裡苦笑。

因為余生已經不在了啊。

「等到我想的時候。」我不想繼續這個話題，於是揮了揮手，「葉雨渲，妳快點練習啦。」

「唔。」

「妳沒有什麼好問的了吧？想問的我都回答了。時代音樂祭的預選賽剩沒幾天，妳先專注在自己身上，好嗎？」

「……好吧。」葉雨渲明顯還想再說點什麼，但最後只能抿了抿嘴唇，點點頭。

她抱走了我放在桌上的吉他，呵護般地抱在懷裡。

最後的夕陽也消逝無蹤了。夜幕降臨，我看向窗外，不見人影的校園中已然一片灰暗。

我走了過去，打開了教室裡的燈。

葉雨渲終於開始練唱了。

她明亮清透的歌聲迴盪在教室裡。讓人聽起來十分舒服的空氣感，飄逸而拿捏自如的中高音，如若薰風般乾淨且毫無雜質，一如她本人的模樣。

單純得彷彿透著些許光亮。

聽她唱歌，就彷彿置身於十里春風之中，被溫柔的氣息所包覆著。

沒有人會不喜歡這樣的歌聲。

我斜靠在教室的牆面，雙手插在口袋裡。葉雨渲的歌聲，在我的耳邊不停迴響著。

——那你要怎麼樣才能再次拿起吉他，重新踏上音樂的旅途呢？

我也不知道。

這不是逃避也不是裝死，而是發自內心地不知道路在何方。

現在想這些還太早了。至少，等到葉雨渲在時代音樂祭的校園預選賽舞臺上大放光彩之後，再想要怎麼做吧。

日子一天天過去。

預選賽的前一天，葉雨渲在放學後，悄悄地站到了我的桌邊。

她背著單肩的側背包，穿著白色一字領七分上衣，搭配湖水藍的A字裙。腳上踩著一雙小白鞋的她，看上去既俐落清爽，又帶有青春的氣息。

「吶，林天青。」

「怎麼了？妳不去練歌嗎？」

「明天就要比賽了，今天我想保護自己的聲音。」

「喔喔，也可以。」

看著葉雨渲垂落在桌邊的雙手，正不明所以地輕捏著上衣的下襬，看來是又有話要說了。

我收拾好包包後，也站了起來。

她先是看了我一眼，纖細的手指將右半邊耳畔稍顯凌亂的髮絲順到耳後。

「這幾天一直麻煩你，我想說，真的很謝謝你。」

「沒事啦，小事。」

「要是沒有你的幫忙跟……反正就是陪在我身邊，我可能早就撐不到現在了。真的很謝謝。」

「我也聽到很好聽的歌，這就夠了。」我平靜地說。

這句話讓葉雨渲的臉微微紅了。

要不是當初聽到妳在驟雨之下歌唱，這之後的所有故事也都不會發生吧。我不會跟她走近，更不會被她認出來是往日餘生的吉他手。有時候人生就是這麼難以預測，我不禁想著。

葉雨渲輕聲開口：「我想去一個地方，跟我一起去好嗎？」

「妳認真？」

「嗯，在明天上臺唱歌之前，我想去那個地方沉澱一下心情。」葉雨渲真誠地說。

凝視著她的雙眼，我想了想，不由得有點好奇是什麼樣的地方。她明天就要上臺了，特意挑在今天去，一定是一個很有意義的地方吧。

「可以，走吧。」

「耶！」葉雨渲開心地蹦跳著走出教室。

我跟葉雨渲走了一段路，路過了一所國小後，她熟練地鑽進小巷裡。

這附近有幾間傳統的小賣部和文具行。

我們走進了一間位於一樓的藝術教室。

葉雨渲跟櫃檯的人打聲招呼，便拉著我走向地下室。

地下室很暗，幾乎伸手不見五指，直到葉雨渲掏出鑰匙打開門，也打開了微弱的燈光。

地下室似乎是藝術教室的倉庫，有許多陳列架、畫架還有沒在使用的鋼琴。

空氣略顯渾濁，四處可見揚起的灰塵。

我放緩了呼吸，跟著葉雨渲走向深處。

在最深處，有一幅蓋上了舊布的畫正好端端地放在畫架上。我伸手輕劃過布料，日積月累的灰塵頓時堆積在我的指尖。

「林天青，你後退一點。」

「嗯。」

說完，葉雨渲盡可能以最小動作拉開了畫布。一瞬間，灰塵紛飛。我再往後退了幾步，仍忍不住咳嗽。

過了一段時間，等灰塵再次沉澱下來，葉雨渲站到畫前，我也跟著走到她的身邊。

畫裡是夏天的鄉村，有一個綁著馬尾的小女孩，正抱著一顆小皮球，懶洋洋地躺在矮矮的磚瓦牆上。

小女孩無憂無慮地看著夏日的天空。

藍天白雲，青空萬里。她單手抓著小皮球，另一隻手則拎著一根西瓜冰。

但仔細一看，這幅畫……

「這幅畫沒有畫完呢。」我意外地說。

「是啊。」葉雨渲細微而低落的聲音傳來。

倒也不能說是低落，更像是一種感慨卻不後悔的複雜情緒。

我聽出了她語氣中隱含的落寞，於是不再提問。

葉雨渲伸出手探向木製畫架，小心翼翼地沒有碰觸到畫紙與乾涸已久的顏料。

「沒有畫完，是因為我放棄了。」

「這是妳畫的？」

葉雨渲輕聲解釋：「是我小時候畫的。在小學的時候，我的夢想還是成為一個畫家。所以跟爸爸媽媽說，我想來這間美術教室上課。」

「那為什麼不畫了？」

「有很多原因吧？像是沒有毅力、沒有天賦，或者只是把畫畫當成興趣。現在想起來，就連當時的決定都有點記不清了。」葉雨渲收回手，「我只記得，我放棄了成為畫家的夢想。」

「嗯……現在妳有另外的夢想了。」我隱約猜到她為什麼會來到這裡。是為了鼓舞自己，也為了叮嚀自己。或許，也是為了順便說給我聽。

葉雨渲側過頭看了我一眼，靈動的雙眸一眨之後，露出苦笑。

「對，現在的我正朝著獨立音樂人的道路上前進，我已經很努力了吧？」她像是確認似地問道，聲音裡透出顫抖與不自信。

已經很努力了嗎？

相比余生的慵懶頹廢、任性練習，葉雨渲當然很努力了。

她會為了接觸新的東西，拜託我一起去音樂主題酒吧。一首歌，從夏天一直寫到秋天，不斷精雕細琢，使它變得更加完美。時時刻刻保持著感性，並以最單純的心，迎接世界的洗禮。

妳當然很努力了。我堅定地點點頭。

葉雨渲的手指劃過耳祭，順勢撥動了垂落左半邊的碎髮。

她凝視著那幅畫。

「在放棄成為畫家的夢想之後，我就沒有再來這裡了。」

「嗯……」

「這幅畫被藝術教室的老師一直保留在這裡。每次我遇到重大的挑戰前，都會來這裡看看這幅畫。這幅畫的存在，提醒著我不要再放棄了。要是繼續放棄，我就什麼都沒有了。」

「我想在自己喜歡的東西上，堅持到底。」葉雨渲稍稍握緊了拳頭，說話也變得更為堅定。

如她所言，這幅畫激勵了她的鬥志。

我望著在夏日裡開心地仰望藍天白雲、躺在紅磚牆上的小女孩。葉雨渲的七歲，應該就是這個樣子吧？

過了幾分鐘，葉雨渲才把畫布蓋了回去。

「妳不找時間畫完嗎？」

「為什麼要畫完？」

「完成心裡未竟之事，不也很好嗎？」我補充道：「在妳完成了下一個目標之後，或許可以考慮考慮。」

「嗯，我會的。」

「謝謝妳帶我來這裡。」

「嗯？你幹嘛對我說謝謝啊……」葉雨渲慌亂地擺動著雙手，「是我硬把你拉到這裡陪我的，不用對我說謝謝啦。」

「不，謝謝妳讓我看到這幅畫，聽到妳的故事。」這對我來說，都是想像不到的生活體驗。

我也有一段時間沒有這麼感性了。尤其看到了在追尋音樂夢想的旅途上，一直努力堅持的她。

「明天加油。」

「嗯。」葉雨渲與我四目相對，微微羞赧地點了點頭。

6

無法替代的歌聲

A f t e r   t h e   R a i n

時代音樂祭與浮萍藝術大學聯合舉辦的校園預選賽規模十分盛大，吸引了許多其他學校的學生前來圍觀。

比賽正式開始的時間，是在週五的下午三點。當天多數的課程都調整到了三點之前。

學校裡湧入了不少校外的學生，他們幾乎擠爆了舉辦預選賽的室內體育館。

我也混在其中。

時值秋日，開了空調的場館內空氣清冷。

從場館的設備安排、動線還有投入的人力來看，這場屬於音樂的盛宴，學校裡比較大的音樂社團都有參與其中。

場館內的燈光調暗，四面牆壁的窗簾紛紛拉上，聚光燈聚焦在唯一的主舞臺上。

我坐在椅子上東張西望。

在浮萍藝術大學的校長致完詞後，預選賽終於拉開了序幕。

我開始沉浸在參賽者們帶來的音樂饗宴。

如規則所說，大部分的參賽者都帶了一個伴奏。大多數是吉他，只有少部分抒情風格、曲調特別柔和的歌曲會配上鋼琴伴奏。

其中還有一個參賽者用了小提琴伴奏，讓我印象深刻。

「唔。」真的都很有實力呢。

就算平常沒有接觸音樂，也能輕易聽出今天站在舞臺上的人，都是經過長時間訓練，頗具實力的歌手與伴奏。

葉雨渲是第幾個出場呢？

我後知後覺地意識到，自己心裡居然掛念起了她。或許，是迫不及待想聽到她那吸引著我的純淨歌聲吧。

前幾個參賽者在掌聲之中完成了演唱，跟著伴奏一起享受大家的歡呼，我也跟著鼓起了掌。

該怎麼說呢，在今天時代音樂祭浮萍預選賽裡，幾乎所有參賽者都有成為職業歌手的實力了。

唯一的差別，就只有能不能渲染觀眾的情緒，贏得聽眾的歡呼或淚水而已。

嗯，對葉雨渲來說，好像不是很樂觀。

現在這組在舞臺上表演的人，我有點眼熟，感覺似乎在某個獨立音樂祭看過她。

她留著一頭鮑伯短髮，一身米色的開襟毛衣搭配淺綠色短裙，腳踩著厚跟的皮鞋。

她的聲音，恍若降臨在荒野之上的陣陣細雨，給我留下了極深的印象。

而幫她伴奏鋼琴的，是一個很高的男生。看得出來，他應該練琴很多年了，游刃有餘地彈奏鋼琴時，還能隨性地隨著節拍晃動身體。

視覺上看上去很率性。

表演結束，掌聲如雷，好幾個女生又跳又叫，尖叫聲響徹全場。

「這一組有點神啊……」我不敢置信地嘆道。

就算是我、前輩還有她在這裡，真的能演奏出更感動人心的音樂嗎？

就在這時，我關靜音的手機突然震動了一下。

在聽音樂時把手機關靜音是長年的習慣，但連震動都會影響到我的沉浸感，我想了幾秒，猶豫著要不要拿出手機。

最後，我還是把手機拿了出來。

「林天青，你可以到舞臺旁邊的等候室來嗎？」是葉雨渲發來的簡訊。

不太妙。我微微皺眉，難道是出了什麼問題嗎？

時間寶貴，我也不確定葉雨渲離上臺還有多久。於是我站起身，趁演唱剛剛結束，穿越人群來到了等候室。

等候室外有一名我們學校的學生在擔任工作人員，我跟她說明情況後，她打開門讓我進去。

門被推開後，我看見孤單地坐在角落裡，一臉沮喪的葉雨渲。

她的手邊是那把吉他。

她沒有哭，只是很難過。看到我出現後，她一度想站起來，但最後卻選擇縮在角落，無助得令人心疼。

我走向她，問道：「怎麼了嗎？」

「我、我……」

「沒事，慢慢說。」

「我請人錄的伴奏帶出問題了，沒有辦法播放我寫的那首歌……」

「那妳自己伴奏呢？」

「我自己伴奏？」葉雨渲看了看手邊的吉他，搖搖頭，「不行，我吉他彈得不好，根本沒辦法伴奏。」

我陷入沉默。

等候室裡沒有其他參賽者，只有我和葉雨渲。

我飛快地在腦海中思考著。

她的作品是原創歌曲，根本不可能臨時找到其他人幫她伴奏。就算是聽過幾次的我，也沒有能力幫她伴奏那首歌。

這可是在極為重要的舞臺上的表演啊。

葉雨渲的吉他實力我十分清楚，她本人說不行的話，那就是真的不行。

畢竟她是主唱。

而她今天的對手，每一個都唱功極佳，與技術熟練的搭當伴奏磨合，練習了好幾個月的時間，最後才登上舞臺。

我深深地嘆了口氣：「葉雨渲，不管是妳還是我，都沒辦法幫妳伴奏這首歌。我只彈過幾次，並不夠熟悉，在這麼重要的舞臺上，我們不能冒險。」

「我知道啊，但是，我該怎麼辦呢？」她微微紅了眼眶。十分心急，卻又毫無辦法。

時間一分一秒過去，距離她上臺的時間也越來越近。

我轉頭看向她，平常掛在她臉蛋上的天真笑容早已不見蹤影。她很緊張，甚至有點不知所措。

我有點難過，為什麼會這樣呢？

要是葉雨渲因自己的失誤，沒辦法登上舞臺，沒辦法完成演出，她會有多麼自責？

昨天晚上，在那個藝術教室的地下室裡，她跟我傾訴了她的過去和願望，讓我看到了那幅塵封多年的畫作與她消逝的童年。

不要放棄啊。再放棄下去，就什麼都沒有了。

幾乎是拚盡全力在努力的她，為什麼會遇到這種事？

「這實在太不公平了。」我低聲嘆道。

葉雨渲的雙手一直縮在胸前，那是她不安的表現。她用手揉了一下眼睛，輕輕吸一下鼻子，說道：「我去清唱吧。」

「……清唱？」

「對，我想演唱我自己寫的歌，不就只有這個方法了嗎？」她凝聲問著。

眼瞳裡充滿猶豫與膽怯，但她還是鼓起勇氣看向我。

「葉雨渲，伴奏不僅能豐富整體的音樂表演，襯托主唱的聲音，更重要的是，每一個節拍都會與演唱者一起前進，指引方向。如果是清唱的話，妳確定妳不會亂掉嗎？」

葉雨渲一時說不出話來。她垂下頭，沉默不語。

我說得已經很委婉了。熟悉音樂的她，肯定能明白我的意思。

不管葉雨渲經過多久的訓練，又或者多熟悉自己寫的歌曲，但整首歌都沒有伴奏的話，要順利唱完的難度太高了。

幾乎不可能。

那該怎麼辦呢？

現在的我根本沒有自信能為她伴奏完整首歌。要是那些往日又再次湧現，那我是不是會毀了她的演出？

所以不行。

再說了，我根本不熟她那首原創歌曲的伴奏，也壓根沒跟她認真練習過。臨陣上場，勢必不可能發揮好。

但這是她第一次登上這麼大的舞臺，一定要有伴奏陪著她，一起演唱完整首歌才行。

——啪答。

葉雨渲的眼淚，一滴滴掉落在大腿上，發出清脆的聲響。

她伸手揉著眼睛，沒有抬頭，就只是默默地流著淚。她很自責，也很無助，但現在確實沒有任何人幫得了她。

我沒想到自己有一天會親眼目睹這種事情。心臟傳來噗通的聲響，我把手緩緩放在胸口，確認著自己的心跳。

看著她無聲的哭泣，我也有點悲傷。

如果這麼努力的人，在第一次登上舞臺挑戰夢想前，就被剝奪了挑戰的機會，那該怎麼辦呢？

這時，賽務組的同學敲門進來。看到眼前的狀況後，她一臉意外，但還是提醒道：「葉雨渲，妳是下下一組喔，請準備。」

「嗯，好……」

葉雨渲從背包裡拿出衛生紙，擦乾眼淚後，從椅子上緩緩站了起來。她的眼眶通紅，眼裡蓄著淚水，肩膀微微地顫抖著。

過了一會，她強硬地壓抑著情緒，深深吸了一口氣，用手拍了拍臉頰：「沒辦法了。不管怎麼樣，我上去清唱吧。」

「只能這樣了……」

「我不想放棄，也不想就這樣找藉口逃避。」葉雨渲像是要鼓勵自己一般，以清脆的聲音繼續說道：「就算清唱跑調了，就算唱不好也無所謂。至少，我唱了。」

此刻的她，倏忽之間在我眼前綻放出動人的光芒。

葉雨渲，我們班上最單純天真，跟所有人都能親近相處，自身色彩近乎透明，性格如同一隻可愛小松鼠般的女孩。

但她現在卻像雨過之後的晴天一般，散發出我極少見過的燦爛。繽紛的色彩彷彿在她眼裡綻開，不停地吸引著我的目光。她充滿自信，即使面對著艱難的挑戰也不再畏懼，如同穿透雨幕的溫暖陽光，與在那之後鋪展開來的蔚藍天際。

我呆呆地愣住了。

直到葉雨渲用手指戳了戳我的肩膀：「林天青同學，去觀眾席好好聽我唱歌吧。不管再怎麼艱難，我一定要完成這場表演，這是只屬於我的、音樂的旅途。如果我表現得不錯，記得要幫我鼓掌喔。」

「加油……」我有點呆滯地點點頭，彷彿還沒從方才的震撼中回神。

「好的！」語畢，葉雨渲開始練習發聲，用輕柔的嗓音，輕哼著她的原創歌曲。

我不打算再打擾她。儘管我心裡十分清楚，這次的演唱不可能完全發揮出她百分之百的實力，甚至結局可能會不太美好。

但至少，她唱了。

我轉身準備離開，心裡卻再次想起了葉雨渲剛剛綻放出的光彩。

原本近似透明的她，在宣告著絕不放棄的瞬間，身上所散發出的自信美得讓人著迷。

我走向等候室的門口，回首一望，看著葉雨渲表情專注地練習著，清越的、近乎呢喃的歌聲緩緩在空氣中流淌。

剎那間，我彷彿又看見了那一場雨，和那個在雨中歌唱的女孩。

在如此艱難的意外之下，她依然堅持著。

這一幕，重重地敲打在了我的心上。

——那你要怎麼樣才能再次拿起吉他，重新踏上音樂的旅途？

溫柔善良的她，曾這麼問過我。

葉雨渲花費了無數日夜，投入了大量精力，拚命練習著唱歌，卻在最後一刻，功虧一簣。

即使如此，她也不曾放棄。即使知道前路坎坷，也要踏上旅途。

那我呢？

我把手放在胸口，感受著自己的心跳。

要就這樣離開嗎？

就這樣任由她一個人迎向注定不完美的結局？

我站在原地，一時之間沒有答案。

下一秒，我眼角的餘光瞥見了被放置在角落的吉他。這原本是她為了練習歌曲而帶來這裡的。

我凝視著吉他，一個莫名突兀的念頭鑽進了我的腦海，讓我的心跳再次止不住地加快跳動。

我不能一直停留在昨日，即使昨日再怎麼美好，再怎麼……令人嚮往。

我折返腳步，走回葉雨渲身邊。

伸出雙手，我捧著她的臉頰，直直地、堅定地看著她。

「吶，葉雨渲。」

「林、林天青同學……你怎麼回來了？」

「妳會唱〈昨日之歌〉吧？」

「當然會啊……」

「那妳唱〈昨日之歌〉吧。」

「咦？表、表演嗎？唱是沒問題，但誰來伴奏呢？」她納悶地問道。

我放開她的臉頰，走向角落，從黑色的袋子裡拿出葉雨渲的吉他。

「我來。」我的雙手握住吉他，輕描淡寫地說道。

高三升大學的暑假之後，睽違了好幾個月，我終於願意再次拿起吉他，登臺演出。

葉雨渲先是一愣，接著忍不住皺起眉頭：「林天青，我知道你是往日餘生的吉他手，實力當然沒有問題。如果是〈昨日之歌〉的話，我們雖然沒有練習過，但彼此都對這首歌非常熟悉。只是，你真的能在舞臺上演出嗎？」

「如果是妳的話，我願意試試看。」如果是其他人的話，肯定沒有辦法的。但如果是妳，我願意踏出這一步。

葉雨渲再次愣住了。

遠方傳來掌聲，聽起來又有一位參賽者表演完了。留給我們的時間不多了。

「葉雨渲，妳相信我嗎？」

「我當然相信啊。」

「那就聽我的。」我故作沉穩地說道，「妳只要盡情地唱妳的歌，我會幫妳伴奏的。」

「林天青同學……」想了幾秒，葉雨渲的嘴角微微揚起，忍不住笑著說：「一言為定。」

「那就開始吧。」

趁著前一位參賽者還在表演，我和葉雨渲把握著最後的時間開始練唱。幸好我們不是第一次一起演奏，該有的默契還是有的。

「妳一直都在等候室裡嗎？有聽到今天的參賽者唱的歌嗎？」

「有喔，我都有在聽，好多組都唱得超好聽的。」葉雨渲沒有從對手的角度看待他們，而是以音樂人的身分欣賞著。

賽務人員再次走進等候室，通知我們上臺。

葉雨渲已然進入了全心全意的專注狀態。

她穿著一身藤綠色連身長裙，裙襬輕輕覆蓋著纖細的腳踝，襯托出她偏瘦的身體曲線。她穿著深色高跟鞋，看似淡然卻十分堅決地走上舞臺。

我抱著吉他，跟在她身後。

燈光之下，葉雨渲成為了全場的焦點。

窸窣的交談聲斷斷續續地傳來，舞臺的燈光還是那麼地耀眼。

空氣乾燥，臺下的氣氛無比熱烈。我站在屬於吉他手的位置，雙手虛按在吉他的琴弦上。

這時，會場裡鼓譟的氣氛已經到達了最高點。

葉雨渲拿起麥克風，緩緩說道：「我們要唱的歌，是往日餘生樂團的成名曲——〈昨日之歌〉。」

今天是時代音樂祭的預選賽，翻唱往日餘生這樣的獨立樂團的原創歌曲，別有意義。

我摒住氣息。希望我能正常演奏，不要影響到葉雨渲——拜託了。

葉雨渲轉頭看向我。沒有言語的眼神中，透露著獨屬於春天、萬物初萌般的生命力。接著，她輕輕眨了眨眼。

我輕輕頷首，夾著撥片的手指倏然劃下，悠揚的音符隨著琴弦的顫動流洩而出。在那個改變了我的夏天之後，舞臺上再次響起了熟悉的吉他旋律——

哈囉，好久沒看到妳
這陣子妳去了哪裡
生活這麼煩，我卻只想喝那堤
跟妳一起坐在咖啡館裡

回憶跟著歌詞一同在心中閃過。

我依稀記得，那是個下著雨的日子。

從門外進來的妳，在普通的黑白色系高中制服外，套上了一件隨性翻領的薄風衣。沒有肩線，更顯得愜意瀟灑。

妳往咖啡館裡探頭，發現了躲藏在深處的我。

「你很行啊，林天青。」

「普通普通。」

「別跟我裝傻，電話不接、LINE不看，原來窩在這裡耍廢啊。」

妳在我對面坐下，開心地調侃著我。

那天，本來應該報告進度的我因為追劇追得太晚，沒有把寫完歌，只好在放學後躲到咖啡館補進度。

那天妳很累，累到趴在桌上沉沉入睡。

看著妳的睡臉，我在心裡想著：妳應該回家休息了。

但就算跟妳這個笨蛋說，妳也只會嘴硬說不累吧。

我太懂妳了。

畢竟妳是我從小認識的青梅竹馬。

而妳擁有的、慵懶惆悵、獨一無二的迷人聲線，更是讓我深深陶醉其中。

只要聽過了，就再也無法逃離。

聽著妳的聲音，彷彿隨時都置身於播放著 Lo-Fi 樂聲的咖啡館，被午後溫暖的陽光緩緩地照耀著。

秋天是我喜歡的季節
那天正好下著雨
妳穿著一身黑，在我耳邊低語
妳說好想淋著雨滴歌唱
秋天的細雨響起熟悉的弦律
我知道，那是最美好的聲音，遇見妳是我最好的際遇
那首歌，是我們最愛的那首歌
我們跟著時間走啊走啊

雨依然下著。

滴答，滴答，雨水在透明的玻璃窗上留下了長長的尾巴。

熱拿鐵放在桌上，白煙飄散。

我單手托著下巴，不甚在意地望著妳的動向。妳及眼的內彎瀏海，輕盈地隨腳步而晃動。

妳站起身，走向咖啡館的角落，逗弄著店長養的貓。

沒頭沒尾地，妳忽然拋出一句話。

「往日餘生。」

「嗯？」

「我想到了，林天青。我們的樂團就叫做『往日餘生』吧。」

走在回家的路上，妳在籠罩城市的細雨中高歌，盡情地以妳迷幻而慵懶的聲線歌唱著。妳的聲音浪漫了放縱與頹廢，也讓我深深著迷。

那是銘刻在我心中，記憶裡最美好的畫面。

妳一直一直都是我的主唱啊。

我們跟著時間走啊走啊

進入主歌，我認真聽著葉雨渲的歌聲。

葉雨渲的發揮十分出色，音色清透，也確實有跟上我的伴奏。如若春風，溫暖卻也讓人忍不住憶起過去。

她的聲音很乾淨，因此想渲染出什麼情緒時，就能把她想表達的情緒無限放大。

現在的葉雨渲，正在追憶著往日，訴說著昨日的美好。

我能感覺得到。

我們去了酒吧

聽著爵士藍調與 LoFi 的派對

妳微醺地拿著長島冰茶

紅著臉靠在我肩膀，說自己沒醉啊

夜晚才剛剛開始

妳大聲問著駐唱樂團在哪

搶來 mic 唱著屬於自己的歌，魔幻的聲音意氣瀟灑

那首歌，是我們最愛的那首歌
我們跟著時間走啊走啊

吧檯後方擺放著整列的酒，陳列架設計成五線譜的形狀。從遠處看去，那些酒瓶就像音符一樣。

妳身上有一股難以形容的慵懶氣息，離妳很近的時候，我就能感受到。那似乎是午夜蘭花與黑莓，就跟妳一樣，神祕而複雜，卻又以獨一無二的魅力吸引著他人。

妳解開馬尾，濃郁的香氣也在空氣間散開。

「林天青，你睡著了嗎？」

「唔，沒有，只是有點累了。」

「別忘了寫〈昨日之歌〉。」妳手上拿著黑可可催促著我。

「別在這時候催我……」

全場的燈光調暗之後，我們的視線被唯一的舞臺吸引。駐唱樂團已經就定位，由吉他手拉開表演的序幕。

「他如果唱得不好聽，我就上去搶他Mic。」妳莫名認真。

「妳是不是偷偷喝酒了？」

現在回想起來，那天其實我心裡想的是，要是妳真的跑過去搶Mic，我要怎麼才能阻止妳呢？

我真的有勇氣攔住妳嗎？

我們度過了多少秋冬與青春
一起寫著我們的歌
拒絕了多少次梅菲斯特索要的靈魂
在時間流淌成的長河上尋尋覓覓
我想起了妳迷人的唇
還有黑莓般屬於妳的氣息

從國小到高中，每一個寒暑假，我們幾乎都在一起玩耍。

在青春的時代裡，我們常常站在一起，看著這個世界，與許多形形色色的人錯身而過。有些人在我們的生命裡留下了痕跡，有些則如蜻蜓點水般只留漣漪。

有一天放學，妳趴在我家客廳的沙發上，翻看著手上的漫畫。

「喂，林天青。」

「嗯？」

「你的夢想是什麼？」

「怎麼突然問這個？」

我先是愣了一秒，很快地觀察起妳手上的漫畫。妳常常依靠靈感做事，看到什麼，想到什麼，就有了直接的反應。

妳對我吐吐舌頭，從沙發上跳了下來。

「我的夢想，是大學畢業以前，在臺灣最大的三個獨立音樂祭上，唱出我們自己的歌！」妳指著天花板，頭也跟著往上抬起，很有戲劇感，卻也認真無比。

吶，妳知道嗎？

很久以後，也有一個女生跟我說了一樣的話。

妳們有一模一樣的夢想。

〈昨日之歌〉快要結束了。

余生，現在這個女生也能把這首歌唱得很好聽、很動人。跟妳完全不同，她單純而感性，天真而溫柔，因善良而擁有了清澈澄淨的、富有透明感的歌聲。她詮釋的〈昨日之歌〉，清澄而美好，惦記著往日的記憶，卻也希冀著即將到來的明日。

是她的聲音，讓我能再次拿起吉他。

我意識到自己的手開始輕微顫抖。

這首歌快要結束了，昨日，也快要結束了。

我們跟著時間，走啊，走啊。

那首歌，是我們最愛的那首歌
我們跟著時間走啊走啊
哈囉，好久沒看到妳
這陣子妳去了哪裡
我是否還能再看到妳——

餘音緩緩休止。

心裡傳來波動，我的手垂落在吉他旁，愣愣地望著舞臺前方的她，與她身後，在灰暗燈光之中陷入沉默的觀眾。

完成了。

我居然正常地彈完了。上一次這樣在舞臺上盡情地演奏著歌曲，還是我在往日餘生樂團的時候。

真是不可思議，我暗自想著。

葉雨渲放下了手上的麥克風。她的胸口微微起伏著，彷彿還沉浸在餘韻之中。

客觀來說，她剛才的表現無可挑剔，她確實對〈昨日之歌〉非常熟悉。

那是練唱過無數遍，找到最適合自己的音域和唱法後，對自己的音感抱有絕對的自信，才能表現出來的游刃有餘。

跟余生完全不一樣。

她們兩個人的聲音和詮釋的情感，完全不同。

性格颯爽的余生，唱起歌來情緒顯得更加外放，彷彿一場連綿不絕的秋雨，落在人們的心中。

而葉雨渲的唱法，則是唱出對美好往日的懷念與追憶。讓人們回想往日的同時，鼓起精神，迎向未知的明日。就像雨過天晴的那一道彩虹。

整首歌，葉雨渲以音色清透的嗓音，穿透了大部分聽眾的心防。在副歌的高音處飄逸清爽，富有空氣感，拿捏自如。

乾淨的聲音，令人著迷。這是專屬於她的、獨特的吸引力。

葉雨渲的臉蛋上漾起暈紅，滿意又陶醉地回頭望向我。

她淺淺地笑了，簡單而快樂。那是我看過葉雨渲最燦爛的笑容。

我發自內心覺得，能為這麼動人純淨的聲音伴奏，能為葉雨渲伴奏，真的不枉身為一個吉他手了。

很快樂，也很幸福。

也許在遙遠的明日，這段在時代音樂祭預選賽所發生的一切，也能成為璀璨繽紛的往日回憶吧。

沉寂一段時間的觀眾席忽然有了反應，如夏日雷雨般轟炸的掌聲驟然響起。

我看到很多人站了起來，掌聲不斷，持續了很長的一段時間，肯定也有些人哭了。

葉雨渲在掌聲的洗禮中，先是微微一愣，再輕輕地吸了吸鼻子。我看不到她的表情，但她心裡肯定十分感動。

她真的好厲害。

有幸能幫她伴奏，真是太好了。

葉雨渲向大家一鞠躬。

光線聚焦在舞臺上，聚焦在她的身上，讓她細緻的臉蛋，散發出別樣的光彩。

餘韻再次傳來，我的心臟怦然一跳。

把手放到胸前，我吸了吸鼻子。

這一幕以前的我也看過很多次了，但看著的，卻是不同的身影。

然而，〈昨日之歌〉已經結束了。

不管昨日再怎麼美好，終究只是回憶。我的視線慢慢模糊，明明演奏的旅途是那般美好而暖心，但那些繽紛鮮明的回憶卻早已一去不復返了。

在眼淚落下之前，我單手抓著吉他，跟著葉雨渲一起走下舞臺。

結束了，昨日之歌。

在等候室裡，經歷了龐大的壓力、臨時的意外與長時間枯燥的練習，成功完成演唱的葉雨渲終於放聲大哭。

我也坐在角落，靜靜地流著淚。

我們哭的理由不一樣。

葉雨渲是因為過去投入的時間終於有了回報，那積累了幾個月的辛苦練習和熬夜創作終於有了成果。

她被看到了。在追夢的旅途上，邁出了重要的一步。

葉雨渲宣洩完壓力後，發現我依然深陷失落，便走到我身邊。站著也顯得十分嬌小的她，輕撫著我的頭，溫柔地幫我擦拭眼淚。

「別哭了，林天青同學，還有我在呢。」葉雨渲讓我輕輕地靠在她身上，安慰著我。

外面的比賽還在繼續進行，我依靠在她的肩膀上，釋然地笑了。

或許是唱出了人生中迄今為止最動人的歌曲，用明亮清透的歌聲打動了無數人。葉雨渲非常開心，像一隻興高采烈的小松鼠，東跳西跳，在我身邊打轉了好久。

比賽的結果很快就公布了。

葉雨渲在名次公布之前，雙手合十，似乎在虔誠地祈禱著。

當天晚上，主辦單位放出了榜單。

時代音樂祭浮萍預選賽

第一名：〈昨日之歌〉Cover

主唱：葉雨渲

伴奏：林天青

她數個月來的全心投入，終於獲得了豐滿的回報。

秋去冬至，日子回歸平凡。

氣溫越加寒冷，冷風陣陣刺骨。

同學們紛紛穿上了厚外套與大衣。葉雨渲有一件充滿知性的米色長版大衣，讓她柔單純的氣息更加溫暖動人。

嗯，很可愛。

在一場唐突的寒流到來後，我才意識到，已經真正進入冬天了。

這一年，也漸漸來到尾聲。

那場在秋天值得反覆回憶的預選賽，為葉雨渲爭取到不少曝光。她的個人IG與Youtube頻道，在短時間就突破了一萬人訂閱。

現在的她，常常在課間將清唱的歌曲上傳到頻道。有的時候，她也會拉我一起去錄音，完成一些比較正式的作品。

她還沒有成立樂團，似乎也不是很著急。但我注意到，她一直只找我伴奏，從來沒有找過其他人。

我沒有問過她。但至少，現在的我可以正常地彈奏吉他，再也不會被過去束縛。

往日餘生樂團還是維持著停擺狀態。

頻道的更新還停留在高三升大一的暑假。儘管每天都會有粉絲追問，留言跟我們互動，但這個頻道的時間彷彿就此定格。

「嗯……」走在路上，我無聊地看著手機。

最近，手機上跳出來關於往日餘生的通知越來越少了。無論如何，我依然感到十分傷感。

我們似乎在時間的長河中，慢慢消失了。

色彩變淡，最終變得透明。

變透明了，那之後呢？

我想到一半，綠燈了，於是我穿越馬路。

前幾天，前輩在網路上看見葉雨渲在時代音樂祭預選賽的表現。時代音樂祭官方有在網站上宣傳，也很多人分享葉雨渲的比賽影片。

某天下班後，前輩詫異地跑來找我。那天我們約在學校附近的速食店。

「喂，林天青。」

「嗯？」

「這個在舞臺上伴奏的吉他手，是你嗎？是你吧！」

我猶豫了一下。

在衡量「跳過」「裝傻」「否認」這幾個選項後，我發現不管怎麼樣都不可能瞞得過敏銳的前輩。身為往日餘生鼓手的前輩，對彈奏吉他的我，再熟悉不過了。

我聳聳肩，點了點頭。

前輩的表情從狐疑變成了篤定，隨後他開懷地笑了。

「難怪，我看那個女孩子……是說她的音色真的很特別，她就是那個跟你一起去低音符酒吧的女生吧？」

「對，是她。」

「因為她，你可以正常彈奏吉他了？」

「我不確定是不是因為她……」我的手指滑過裝著咖啡的杯子。

時值冬天，熱咖啡飄散著白煙。

回想起時代音樂祭浮萍預選賽那天。一直等到最後一刻，我才決定拿起吉他為葉雨渲伴奏，讓她改唱〈昨日之歌〉。在做出決定之前，我根本沒想過會以這種方式重新拿起吉他，更遑論踏上舞臺。

「唉。」說到底，人生就是這麼難以預測。

前輩很有興致地等我繼續開口。

要繼續聊的話，就只有關於葉雨渲了吧。

我想了想，試探性地提問：「前輩，你有聽她唱歌對吧？覺得如何？」

「會紅。」

我沒有回應。

「跟余生一樣。」前輩理所當然地說道，「這種事你也看得出來吧。雖然她們兩個的音色截然不同，但同樣都獨一無二，正是因此才特別珍貴。」

「嗯，都很好聽其實。只是葉雨渲的聲音可能更乾淨空靈一點。」

聽到葉雨渲的歌聲，就會輕易地被她蠱惑，無力抵抗。就像是在夏日細雨裡的那次相遇。她的歌聲，甚至穿透了雨幕，牽引著我。

前輩的雙眼眨了眨，伸出手摸著自己的下巴，露出不太相信的表情：「不會吧你。」

「什麼不會？」

「你想找她加入往日餘生嗎？」

前輩過於坦率的提問，讓我一時沉默。

他確實懂我。

我垂下頭，雙手交握在桌上，心情複雜。

關於葉雨渲，以實力來說，沒有任何問題；而以樂團定位來說，身為主唱的她，當然不是問題。

我相信葉雨渲一定會投入全副身心，跟我們一起完成一場又一場的表演。她對音樂的渴望與堅持，絲毫不比前輩遜色。

我深深吸了一口氣，打下定主意後說道：「我只是在想，余生會怎麼想。」

「她已經不在了。」

我知道。

「永遠不在了。」前輩又強調了一次。

「我知道好嗎？」我不耐煩地回應。

一陣寧靜。我們的聲音不自覺地降低，語調也變得低沉。

余生已經不在了。

自從高三升大一的暑假，正確來說，是從結業式的那天開始，余生就已經不在了。

她不在的事實，在那段時間裡，幾乎壓垮了我和前輩。而在經歷了半年之後，我們似乎終於稍稍適應了。

前輩的眼神瞟向窗外。我知道，那是他想起悲傷往事、心情低落時才會有的動作。嘴裡說得輕鬆，但余生在他心裡的重量，從來不比任何一個人輕。

余生曾經帶領我們樂團東征西討，跑遍大大小小的獨立音樂節，去遍所有可以駐唱的酒吧與 Live House。

是充滿著頹廢魅力的她撐起了我們。

這次是前輩先開口了：「吶，林天青。」

「嗯。」

「你還記得嗎？余生那傢伙，曾經在練團時認真地說過：我的夢想，是大學畢業前，在臺灣最大的三個獨立音樂祭上，唱出我們自己的歌！」

「我記得，我當然記得。」儘管有點苦，我還是忍不住微微一笑。

這句話，她也曾單獨對我說過。

當時，余生的眼瞳裡充滿信心，絲毫不認為我們會失敗。

「那，她未竟的夢想，知道我們要去幫她完成後，她應該會很開心吧？」前輩尋求確認似地問我。

他並不是那般肯定。

我想了想，如果余生在這裡，她會做些什麼呢？

幾乎是瞬間，我就得出了答案。我搖搖頭，釋然地笑了。

「如果余生真的在這裡，聽到我們這樣的對話，她一定巴我的頭說：廢話，去完成就對了！」眼睛酸澀的我，看向前輩，「有沒有很像？」

「有……」前輩的眼眶終於泛出一點點微紅。

再無言語，我們都明白。

熱咖啡涼了。秋去冬至的夜晚，從速食店往窗外看去，路上只有兩三個行人。我跟前輩埋頭吃著剩下的晚餐。

吃完後，我們在門口分離。

「我會去找葉雨渲問問，再跟你說結果。」

「好，等你。」

「走啦，拜。」

「拜。」

回到家以後，我脫下了厚重的外套，換上寬鬆的居家服。站在窗邊的位置，凝視著窗外落葉凋零的路樹。

邀請她吧，我們可以一起踏上旅途。

往日餘生的樂團組合，吉他手依然是我，鼓手也還是前輩，只是主唱從唱腔慵懶、性格颯爽的余生，換成葉雨渲。

葉雨渲的聲音乾淨而清透，幾乎聽不見任何雜質。近似透明的歌聲，更容易穿透人心。

她與余生是強烈的反差，不知道往日餘生的原本粉絲會怎麼想。

算了，之後再說吧。我這麼想著。

隔天下午，少見的冬日煦陽從淺灰色的雲層後方探出了頭。

暖陽高照。在這個特別冷冽的冬天裡，溫暖的光芒映照在皮膚上，非常舒服。厚重的外套，終於可以掛在課桌椅的椅背上了。

這天下午，一樣是平凡而美好的日常。

我坐在教室裡聽著色彩學，這是大一的選修課。葉雨渲也有修這堂課，而她正坐在我旁邊的位子。

在教室的後排，她穿著白色的學院風襯衫，披著一件淺米色的長版大衣，袖口的地方反折，露出了纖細骨感的手腕。垂落在左半邊臉蛋的暖茶色碎髮，稍稍遮住了她的眼眸。

在時代音樂祭的預選賽結束後，身為大一新生的葉雨渲幾乎被全校大部分的人都記住了。

她歌唱的影片早就被上傳到學校的官方社群網站上，Youtube也有很多人上傳了她的現場影片。

真正令我感到有趣的，是葉雨渲開始經營個人IG與粉絲團，並開始上傳自己的音樂。

但她並不是想要獲取更多人氣，至少現在還沒有。

就只是喜歡音樂，如此純粹，默默地當一個小透明。

「吶，林天青同學。」

「怎麼了？」

「放學去我家一趟吧，我想寫一首新的歌，來幫我彈一下吉他，好不好？」葉雨渲親暱地問道。

「好啊。」我想也沒想就答應了。

正好，我也有事找她。

放學後，我們像往常一樣走在回家的路上。

先是經過了那間唱片行，再漸漸走到鋪滿紅磚路的社區附近。

冬日少有的陽光依然照耀著我們，只是灰濛濛的雲層也漸漸變厚了。走在路上，能清楚感受到冷風吹拂。

走著走著。葉雨渲的碎髮，隨著她輕哼的歌曲，依循節奏輕晃著。

她那天真單純的模樣，足以令大部分人放下心防。或許，這也是她的歌聲能打動人心的理由。

要邀請她嗎？

該問了吧？

凝視著正開心唱著歌的葉雨渲，我下定決心。

「吶，葉雨渲，我可以問妳一件事嗎？」

「問吧。」

「妳願意加入往日餘生樂團嗎？」

回應我的，是長久的沉默。

沒有詫異，也沒有驚喜。她只是停下腳步，回頭望著我。四目相對時，她的嘴唇輕輕抿著。

直到這時我才意識到，這個提問，其實隱含了另外一個事實。

那是我跟前輩早已知曉，但外人根本無從得知的消息。

現在，葉雨渲也知道了。

在長久的沉默中，我終於聽到她近似呢喃的詢問：「所以，余生她真的……真的傳言說的一樣，不在了嗎？」

「對。」

「因為什麼？」

「一場意外。」儘管有點殘忍，我還是證實了葉雨渲說的話。

本來就不可能一直隱瞞下去的。

聽著葉雨渲若有似無的嘆息，我的情緒也微微起伏。

余生的死沒有公開。我跟前輩一致認為，這是屬於余生的隱私。當然，我們更不願意有任何人在知道她的死因後說三道四。

等到葉雨渲稍稍平復情緒後，忍不住問道：「那，林天青同學，你為什麼邀請我？」

「因為，我喜歡妳的歌聲。」

「只有這樣嗎？」

「還有……」我短嘆了一聲，真誠地說道：「我跟往日餘生的鼓手，都很希望能完成余生的夢想。她的夢想跟妳一樣，是登上時代音樂祭的舞臺。」

事實上，我們甚至手握邀請函。但，那是給擁有余生的往日餘生。

葉雨渲的眼瞳輕輕眨了眨：「原來是這樣啊。但我的夢想可不止登上時代音樂祭的舞臺，我還想去玻利維亞的天空之鏡唱歌。」

「我們可以一起踏上旅途。」我學著當年的余生，故作帥氣地回答。

「一言為定？」

「一言為定。」

「那好，我加入你們。」個性單純的葉雨渲，給出了肯定的答覆。

當然，能加入小有名氣的獨立樂團，對她不僅是肯定，更是一種挑戰。

我剛剛完成邀約，冬日的細雨便突如其來地緩緩降下。

葉雨渲仍沉浸在聽到余生的死後，產生的感傷之中。她閉起眼睛，仰頭望著一片灰濛的天空。

「去躲雨吧？」

彷彿沒有聽見一般，葉雨渲一動也不動地站著。這一帶行人本來就不多，下起雨後，更是清冷寂寞。

整條紅磚道上，只有我跟她。

雨滴很快在地上形成了水窪，滴答滴答的聲音充斥在耳畔。

今天早上出過太陽，所以氣溫並不算太冷。但是，一旦下起雨，空氣瞬間就變得寒冷刺骨。雨滴打在身上，我能明顯感覺到雨水帶來的寒意。

就在這時，那道最近我已然熟悉的聲線，在我的耳畔自然而然地響起。

天地和鳴。

她的聲音，跟雨、跟風、跟天空、跟路樹搖曳的沙啞，完美地融合在了一起。明亮清透的聲線，穿透了層層雨幕。

聽起很舒服的空氣感，讓人忍不住為之傾倒。一如她本人，乾淨得彷彿透著光亮，讓人湧起面對未來的希望。

我愣在了當下。

那個下著雨的日子，似乎又一次在我眼前展開。

在夏日的尾聲，穿著夏日打扮的她，撐著一把透明的雨傘，絲毫不顧浸濕身體的雨水，依然故我地在雨中歌唱。

那一次相遇，原來早已深深刻進了我的心裡。

她唱起了自己的原創歌曲，將那一座色彩繽紛熱鬧的森林，再次展現在我的眼前。

你在淡暮色裡
剛二十歲的我們相遇
一起哼唱剛寫好的曲

在寧靜悠閒的翠綠色森林
在這二十年裡，我們度過最美好的夏天

聽著你讓人放心的吉他
我唱著柔軟的歌
一起走在往日的盛夏
我們一起坐在樹林裡，看著繽紛的晚霞

唱完了副歌，她的聲音漸漸轉弱。
葉雨渲的臉蛋上滿是雨水，暖茶色的髮絲貼在她的臉頰上。
她望著我。
那是希望得到回應，既期待又害怕受到傷害的神情。個性單純天真的葉雨渲，幾乎不會掩飾自己的心情。
她的歌聲，依稀在我耳邊迴盪。
再怎麼美好的昨日終將逝去，一如再怎麼絢爛的旅途終會有結束的那一天。

所以我們只能在那天到來之前，盡情高歌。

我笑著朝她伸出手。

等到冬天過去，往日餘生重新踏上正軌後，我們或許可以找時間去臺灣的南部好好玩一玩。

徹徹底底地，告別昨日。

就像是葉雨渲的歌聲裡，那些對未來的綺麗憧憬。

「走吧。」

「嗯。」

葉雨渲握住我的手。我們迎著漸漸變小的細雨，並肩往前行。

不知道為什麼，我有股預感，雨很快就會停了。

雨過天晴。

天邊，即將出現彩虹。

——《青雨之絆》完

-1

番外，昨日

A f t e r t h e R a i n

那是一個蕭瑟的秋天。

秋分悄悄地到了，氣溫漸漸變得寒冷。我跟余生今天晚上要去錄音室錄一首歌。在那之前，我們約好了來河堤邊散步。

秋天，這裡路人很少，靠近河邊的氣溫似乎更低了，風也稍顯強勁。

余生跟我常常在視野遼闊的戶外唱歌。我們總覺得，坐在河堤的邊上唱歌，很是輕鬆愜意。

我們都喜歡那樣的感覺。河面散發著粼粼的光彩，河流綿長而平靜，秋風清冷卻不刺骨。

過了下午四點，幾乎沒什麼陽光了。灰濛濛的雲層，讓整座河堤都染上了一層淡灰色。

走在這樣秋意濃重的戶外，不只頭腦十分清醒，全身上下的肌肉與毛孔都彷彿被輕柔地包覆著。

我們帶著咖啡，在河堤邊上坐下。

咖啡飄著白煙。而白煙的彼方，是河流的對岸。

對面的岸上也沒有什麼人，跟這裡差不多。所以我們的歌聲與吉他聲再大，都會被風帶往無人的地方。

我喝了一口熱咖啡。

余生穿著短襪的長腿往前一擱，單手掠過被微風輕輕帶亂的髮絲。及眼的內彎瀏海，今天也輕盈地在她的眉毛上跳舞。

霧灰的髮色真的很適合秋天。

看著余生坐在河堤邊的身影，我把吉他從袋子裡拿了出來。

在前往錄音室錄音前，我們都會再多練習幾次。

我們的樂團第一波想發布的主打歌，是講述時間的主題，也正是今天晚上要去錄製的歌。

余生喝了口水，清了清嗓子。

我拿起軟撥片，隨意地撥動著和弦，聆聽著吉他傳來的共鳴。

「喂，林天青。」

「嗯？」

「站在時間線的正中間，回首昨日、身處今日、凝視明日，深入描寫時間的主題，也就是我們現在最想做出的音樂。」

「妳想說什麼？」

「真沒耐性，我想問的是——」余生從河堤邊的石階上一躍而起，將雙手繞過頸後，把長度及肩的髮絲綁成一束馬尾，然後側過頭居高臨下地看著我。

在她立體的五官與深邃的眼瞳中，飽含著數不盡的颯爽與直率。Oversize的黑色風衣下襬隨風飄揚，讓她的長腿若隱若現。

那獨一無二的魅力，美得令人陶醉，也令我有點不知所措。

余生的聲音穿透了秋風。

「昨日、今日和明日，你最喜歡哪一個？現在的你，最喜歡是的是昨天、今天，還是明天呢？」

「讓我想想……」這個問題很有意思，值得我花時間好好思考。

我彈著吉他的手沒有停下，余生微微一笑後，想也沒想就這樣唱起了歌。

她只是在找感覺，並沒有投入百分之百的能量。比起正式的練習，現在的我們更像是磨合著默契與情感的收放。

只是想要彼此更熟悉一點。

余生輕閉雙眸，似乎想透過關閉多餘的感官，進一步捕捉吉他的聲音。

我卻捨不得閉上眼睛。

每次我都覺得很不可思議。

余生的聲音具有魔力。僅僅是隨意地唱著歌，宛若一個人的低聲呢喃，並不是真的為了說給誰聽。但她的聲音，卻總是能吸引著我。

余生自在而愜意，隨著吉他旋律輕輕搖擺。慵懶揉合著惆悵，獨一無二的聲線在我耳邊不斷迴盪。

灰暗色彩的抒情，彷彿從遠方傳來，蘊含著豐沛、即將爆發的情感。

我陶醉其中，無可自拔，也不願離開。

余生繼續唱著，我繼續彈奏著。

過了幾分鐘，我也站了起來，與她肩並著肩。

就在此時，心裡的感觸一閃而過。我想到答案了。

——昨日、今日和明日，你最喜歡哪一個？

等到第一首歌唱完，我理所當然地說道：「我最喜歡的是今日。」

「今日？」

「嗯，就是今日。」我回以真摯的眼神，與她四目相對。

已然逝去的過去，就算再怎麼美好燦爛，都是過去式了。而難以預估的未來，更無法與現在相比。享受當下的每分每秒，擁抱當下所擁有的美好事物，與人相伴，沒有比這更幸福的事了。

我在心裡微笑著，任憑撥片在弦上遊走。

余生愣愣地望著我好幾秒，才緩緩揚起嘴角，深邃的眼瞳裡滿是笑意。站著的她，把手親暱地放在我的頭上來回搓揉。

過去與未來對近在眼前的現在而言都不值一提。

如果是妳的話，一定能懂我。那瞬間，我無比確信這一點。

從余生的反應看來，她很滿意我的回答。

我重新拿好吉他，等待她的眼神。

每一次正式演奏前，余生都會故作隨性、很有默契地看向我一眼。像是在詢問著我，準備好一起踏上旅途了嗎？

沒有說話，但意境深遠。

余生在我旁邊坐下，伸手整理著黑色風衣的衣領。

美好的午後時光，我們再次啟程。跟余生在一起唱歌，真的很幸福。從來都不會膩。

我們在秋天的河堤旁，一直待到天色變暗，才開始收拾樂器。在臨走之前，我們並肩坐在河堤上，望著遠方從群山一路映照著河岸的夕陽。暖橙色與火紅色交織，讓整條河堤都灑滿夕陽的餘暉。余生的臉上也是。

我們肩並肩坐著。她把修長的雙腿再次往前伸去，微微閉上了雙眼，輕輕地靠在我的肩膀。

秋風陣陣，鄰近傍晚，冷風吹拂著我們。

她Oversize的黑色風衣，替她擋住了寒風。她依然綁著馬尾，還沒有解開。

我順手探向她的風衣帽子，往上一拉，讓帽子蓋住她的頭。

她掙扎了幾下，沒有成功掙脫。她也懶得伸手調整，故意裝出不開心的語氣，問道：「我有說會冷嗎？」

「少在那邊說那些沒有用的啊。」

「你快點把帽子拉開喔。」

「我不要。」

「哼，不要是吧？」話音未落，坐在我身旁的余生，整個人包裹在黑色風衣之中，輕輕地往我的身上撞了過來。

沒有想到她會這樣，我伸手接住了撲向我的她。

「別鬧啊，幾歲了。」

「哈哈哈哈。」

「真是的……」

我抱住了上半身撞向我的余生。見狀，她也不再糾結，很快就順勢站了起來。

她是想用頭錘把我撞倒吧。

我認真在想，她會不會記得這次的教訓，下一次撞得更用力一點。

客觀說起來，余生是一個很成熟的人，但她並不忌諱展現出自己任性幼稚的一面。起身的她，由上往下地瞥了我一眼。

「走啦。」

「喔好……」我從河堤邊站起，背上吉他。

天色徹底暗了，河堤遠離了車水馬龍的街道，在這裡沒有五色的霓虹燈，只有暗橘色的微弱燈光。一片灰暗之中，一身黑的她，用手抓了抓我的上衣下襬。

我跟著她，往錄音室前進。

而她始終沒有摘掉那頂風衣的帽子。

那一天，由於有下午在河堤邊的練習，摸索出了最好的感覺。到了錄音室之後，我們很快就進入狀況。

對情感的收放，對每一個音符的詮釋，都表現出更勝平常的表現。

余生很有自信。

在余生發現我們能表現出遠高於往日的演唱後，她一次又一次試著突破，想在音樂表現上做到最好。

我也一次又一次地配合她。

余生的聲音，是我的動力。而我心裡很清楚，她是一個十分任性，卻也非常成熟的人。

我們想錄製出最動聽的歌。

在錄音室時，有一個其他樂團的鼓手走近我們。他看上去是大學生的年紀，很高，穿著寬大的白襯衫。他對我們的歌很有興趣，在詢問能不能留下來欣賞之後，就一直待在錄音室裡，直到我們完成了作品。

等到我們走出錄音室，他開朗地對我們豎起大拇指。

簡單地寒暄幾句後，我知道了他是跟著大學社團一起來錄音的鼓手。他很喜歡音樂，這點跟我們很像。

他看了看手表，邊說著「有機會再聊」，就先離開了。

這個爽快的人，在我心裡留下了印象。他應該算是我們的前輩吧。

跟余生一起走出錄音室後，我背靠在街邊的自動販賣機旁。

一路錄製到十點，我們簡直精疲力盡，從來沒有一天錄音像今天這麼累。

「呼……」我用手輕觸著胸口。

心臟噗通噗通地跳著，適才演唱的〈今日之歌〉，我所彈奏的每一個弦音，都在我心裡噗通噗通跳著。

餘韻仍在。

雖然很累，但我很滿足。我莫可奈何地笑出聲，望向同樣靠在牆壁上的罪魁禍首。

余生的胸口輕微地起伏著。微微咧開的嘴角，正輕輕地喘著氣。

余生身上穿著那件 **Oversize** 的黑色風衣，刻意做長的袖口，遮住了她垂下的雙手。

「喂，林天青。」

「嗯，怎麼了？」

「我們真的做到淋漓盡致了吧？」

我默默地看著她。

「我們唱的〈今日之歌〉，足以打動所有人了嗎？」

「能不能我是不知道。」我稍作停頓，「但是我們絕對做到淋漓盡致了。」

「那就好。」余生往前踏了幾步，直起身子，側過身看向我。

在夜色中，她靈動的雙眸是黑夜裡唯一的明亮。

「要不要去喝點東西？」

「妳這個問法有點可疑耶。」

「哈哈哈，不愧是林天青，懂我。」余生嘿嘿地笑了，「我最近發現一間音樂主題的餐廳。白天是餐廳，深夜會賣酒，但一樣也有賣吃的東西。」

「我們進得去嗎？」

「應該可以，我跟老闆早就套好關係了。」

「可以就行。我餓了，就當作去吃點消夜吧，好累。」我讓背部離開依靠的牆壁，走到余生身旁。

這時，一對在夜晚出門散步的情侶，從我們眼前走了過去。他們有說有笑，兩個人都一副輕鬆愜意。他們的手緊緊地牽著彼此。

我駐足在原地，看著他們緩緩離開的背影。等我回過神，才發現余生也沒有移動。

一股微妙的氣氛在我們之間遊走。

余生一溜煙地往前小跑了幾步，雙手握在身後，轉過身望著我。

「趕快去吃消夜吧，我餓了。」

「……好。」我快步跟上，與她並肩走在夜色的小路上。

想了想，我牽起她的手。

余生的手很軟，而且不同於我一向冰冷的手，她的手十分溫暖。

她沒有排斥也沒有說什麼，就只是任由我牽著。

走了一陣子，我們走進了附近一條鬧街的巷子裡。

「就在這了。」余生伸手指著招牌。

她對這裡駕輕就熟，看來真的來過不止一次。

低音符的圖案與草書的字母畫在門上，外面懸掛著一塊看似斑駁、頗有年代感的老舊木頭招牌。

余生推開門走了進去。

裡頭的燈光稍顯灰暗，但還是能看得清楚彼此的臉。店裡正播放著柔和的Jazz，只看擺設，這裡確實像是一般的餐廳。

四人座的餐桌整齊地擺放在店內，有不少客人正在用餐。

吧檯後方陳列著整齊排列的酒瓶，陳列架設計成五線譜的形狀，從遠方看上去，那些酒瓶就像音符一般。

我看向燈光聚集之處，瞬間明白了余生為什麼想來這裡。

角落裡，有一組樂團正準備開始演唱。

「那個是駐唱對吧？」

「是啊。今天我們唱了一整天的歌，彈了一整天的吉他，超累的。」余生率先入座，繼續說道：「該是聽著好聽的Live，好好放鬆一下了。」

「同意。」我邊點頭，邊在余生身邊坐下。

余生身上有股難以形容的迷人氣息，距離她很近時常常能夠感受到。那似乎是午夜蘭花作為前調，再深入則是特別的黑莓與黑可可的甜。很有層次，很有深度。

服務生拿來兩本菜單。

余生先是解開黑色風衣的前排釦子，稍稍把肩膀上的風衣褪下。她看了幾眼菜單後，懶懶地說道：「我要肋眼牛排，七分熟。再一杯黑可可。」

她的眼神停留在酒單上很久，指尖在一款名叫「Margarita」的調酒上停留片刻。

我有點無言，最後選擇把菜單蓋上。

「別鬧，我們不能喝酒。」

「我只是看看而已。」

「是嗎？」我懶得跟余生爭辯，在菜單裡選了一份碳烤羊排和炸馬鈴薯，再點了一杯可樂。

以這樣的消費來說，對身為高中生的我們而言，無疑是大餐了。正好可以犒賞剛剛錄完〈今日之歌〉的我們。

余生用手別過眼前垂下的瀏海，直到這時，她才想起馬尾還沒有解開。她伸手越過肩膀，摘下髮圈，甩了甩髮尾。

「等一下他們就會開始表演了。怎麼樣，這個地方？」

「很有趣啊。這間店會固定請人來駐唱嗎？」

「是啊。」余生想也沒想地說道，「我還特地跟老闆聊過，他很喜歡請獨立樂團來駐唱。」

「哦——」

「林天青，等以後我們稍微有一點名氣，也要來這裡駐唱。」余生用手托著下巴，羨慕地望著那個樂團。

從她的聲音裡，聽得出來她相信我們絕對能做到。那不只是期許，而是明確的待完成之事。

我一時沉默，陷入思考。

說起來，我不止一次折服在她時而颯爽、時而任性的魅力之下，更無數次因她的聲音和她的言語而發自內心感到佩服。

余生向著夢想狂奔著，一次又一次朝著最高峰進行突破。

就算精疲力竭，就算用盡一切力量，她也一定會咬緊牙關硬撐著，只為了做出她心中最動人心弦的歌曲。

為了讓更多人聽到她創作的歌。

而最一開始驅動她的動力，就只是她對音樂的喜愛。

因為她能唱，所以唱了。

自從她發現這件事情後，就定下了夢想——總有一天，一定要讓所有人聽到她唱的歌，用歌聲感動人心。

從那之後，余生就花費了大量的時間，去完成這件事。

幸好我學過吉他，所以才能一直陪她到現在。

不然，她也太孤單了。

「別忘了寫〈昨日之歌〉。」余生喝著黑可可，突然補了一句。

「別在這時候催我……」我無力地聳聳肩，像是逃避事實般拿起冰鎮可樂。

忽然，全場的燈光調暗了。

在低音符酒吧裡的客人發出短暫喧嘩與討論聲後，目光隨著重新調整過的燈光，聚焦到角落。

駐唱樂團已就定位，吉他手緩緩彈出了第一個音符。

「他如果唱得不好聽，我就上去搶他 Mic。」余生莫名認真地說道。

「妳是不是偷偷喝酒了？」我做好攔截她的心裡準備。

余生可是會說到做到啊。

那一天，是我小心翼翼收藏在心裡的珍貴回憶。

那時的我，最喜歡的時間還是美好燦爛的今日。

——〈番外，昨日〉完

——《青雨之絆》全系列完

後記

嗚嗚，感動QQ。

這次是一個講述時光流逝的故事。昨日、今日與明日，分別象徵著美好的過去、正在度過的今天，還有未知卻充滿希望的明天。

你們最喜歡哪一個呢？

我相信，每一個人心裡在不同時期，都會有不同的答案。

我想寫的、想描述的故事，就是時光流逝而改變的東西。當然，我的筆力還有很大的進步空間，也不知道能傳達多少東西給大家QQ。這次的故事，改稿也是突破天際。嗚嗚。謝謝三日月出版的所有工作人員、手刀葉大大，還有最重要的責任編輯。沒有大家的協助，這一本書不可能順利出版。有些人可能以為這樣說太過誇大，但其實都4真的。很感謝大家。

從抱大腿系作者開始出發，再到了人間失格系作者（常常自我懷疑）的階段，現在的混吃有點不知道下一部作品要寫什麼了。

失去ㄌ方向。

有追蹤我的 **Fans Page** 或是 **IG** 的人都應該知道，或也看我提起過，以前的我，還富有感性的我，常常看到某些故事，心裡就湧出了心的故事。從來沒有想過什麼大綱，因為心裡一直有想寫的東西。

然而，那些東西已經一去不復返了。

這一本書是講述時光的故事，也是混吃寫作的旅途中，所看到的一間小木屋。進去了，休息一下，再往前走。

在籌備像是《迷途之羊》那樣的長篇故事前，需要有一段時間去感受某些事，看到更多的風景。

下一個系列希望我能寫得更長一點，也希望能寫出我心中獨屬於青春時代的青澀故事。

希望我能寫快點 >///<

最後真的很謝謝大家，沒有大家的支持真的很難繼續創作下去。當我說失去靈感詢問大家推薦作品時，好多好多人給我意見跟關心，嗚嗚。

我要來去思考抱大腿系進化到失格系的作者，下一步要進化成什麼樣子了。

Facebook & Instagram & Youtube 都能找到野生的微混吃等死。

想看混吃說話ㄉ話追蹤一波。

求 CARRY。

二〇二〇年，芒種

高寶書版集團
gobooks.com.tw

輕世代 FW340
青雨之絆

作　　者　微混吃等死
繪　　者　手刀葉
編　　輯　任芸慧
校　　對　林思妤
美術編輯　彭裕芳
排　　版　彭立瑋
企　　劃　方慧娟

發 行 人　朱凱蕾
出　　版　三日月書版股份有限公司
Printed in Taiwan
地　　址　臺北市內湖區洲子街88號3樓
網　　址　www.gobooks.com.tw
電　　話　(02) 27992788
電　　郵　readers@gobooks.com.tw（讀者服務部）
傳　　真　出版部　(02) 27990909　行銷部 (02) 27993088
郵政劃撥　50404557
戶　　名　三日月書版股份有限公司
發　　行　英屬維京群島商高寶國際有限公司台灣分公司
Global Group Holdings, Ltd.
初版日期　2020年8月
三刷日期　2022年3月

國家圖書館出版品預行編目(CIP)資料

青雨之絆 / 微混吃等死著.-- 初版. -- 臺北市：三日月書版股份有限公司出版：英屬維京群島高寶國際有限公司臺灣分公司發行, 2020.08-
面；　公分. --

ISBN 978-986-361-874-4(平裝)

863.57　　109008369

三日月書版

三日月書版

GOBOOKS
& SITAK
GROUP©

GOBOOKS
& SITAK
GROUP©